LABYRINTHES

Du même auteur,
dans la même collection :

BLEU SANG

VIVIANE MOORE

NOIR ROMAN

LIBRAIRIE DES CHAMPS-ÉLYSÉES

À Suzanne, ce voyage au XIIe siècle
que nous avons rêvé ensemble...

Les monts d'Arez au XIIe siècle

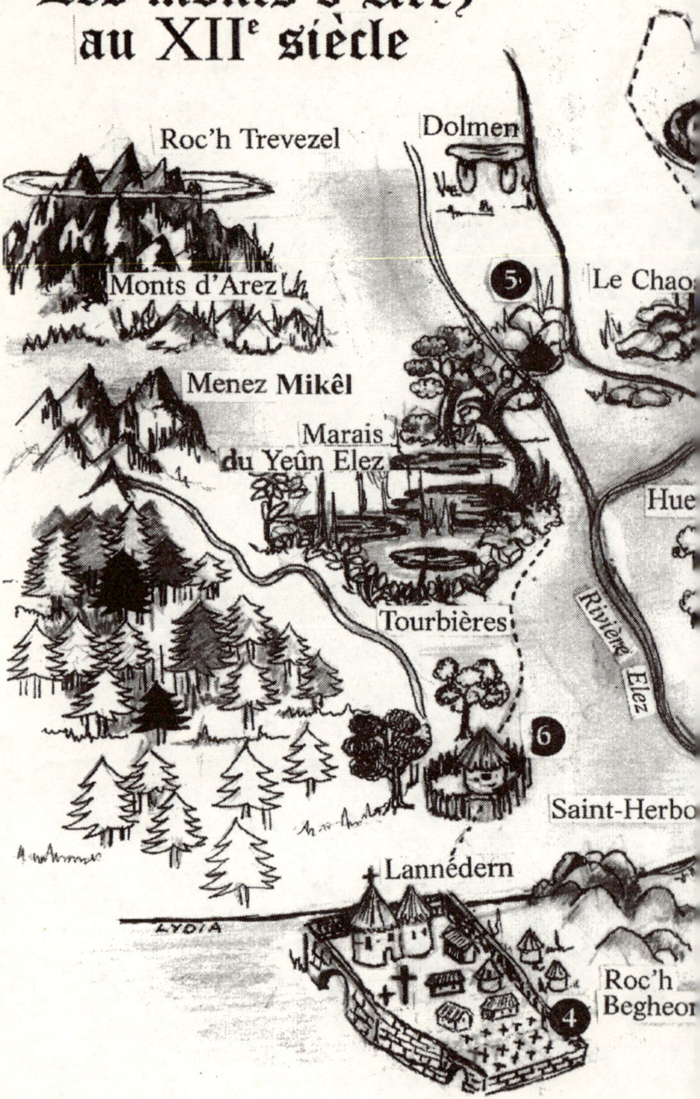

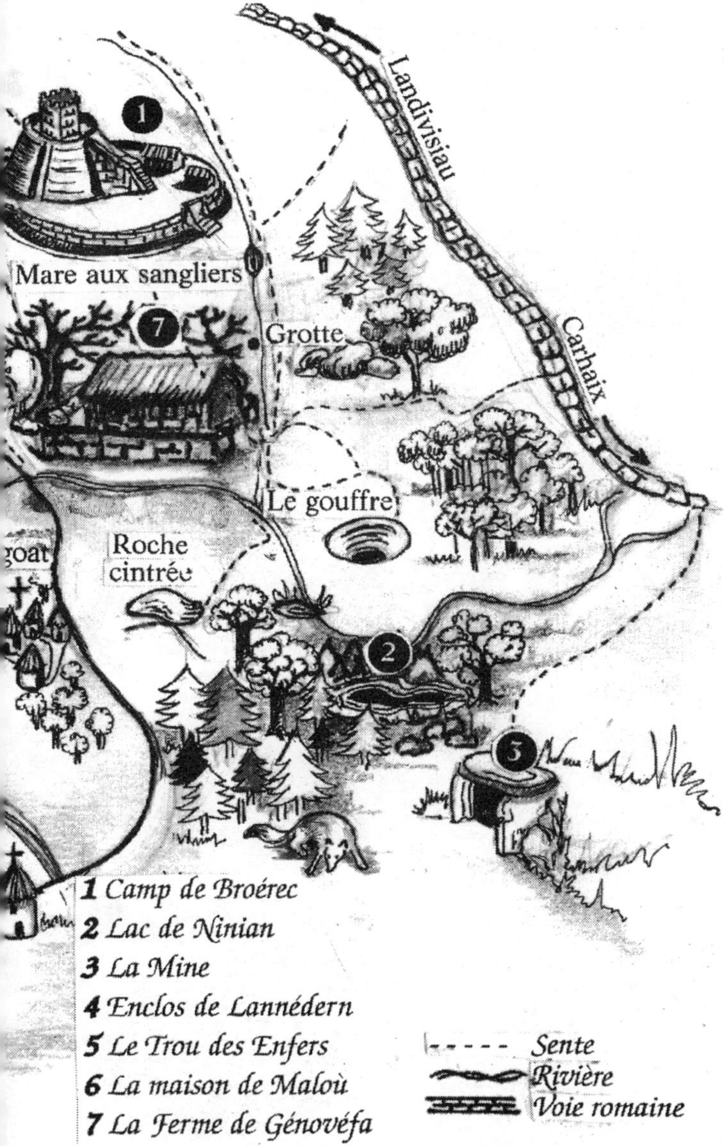
Landivisiau
Carhaix
Mare aux sangliers
Grotte
Le gouffre
Roche cintrée
goat
1 Camp de Broérec
2 Lac de Ninian
3 La Mine
4 Enclos de Lannédern
5 Le Trou des Enfers
6 La maison de Maloù
7 La Ferme de Génovéfa
Sente
Rivière
Voie romaine

PROLOGUE

Un soleil diffus perçait le brouillard qui recouvrait les monts d'Arez. Les bruyères teintaient de mauve les crêtes rocheuses tandis que les hautes futaies et le marais du Yeûn demeuraient dans l'ombre. Une vase noirâtre montait des tourbières éventrées et des vapeurs malsaines flottaient entre les ajoncs, au-dessus des eaux stagnantes.

Ce matin de septembre 1144, Renoulf et son fils Maloù étaient partis dès le lever du soleil, espérant braconner quelque gibier pour améliorer leur repas. Les deux hommes avançaient lentement sans prendre garde aux nuées de moustiques qui les assaillaient. Enfoncés dans l'eau jusqu'à mi-jambes, ils sondaient la boue épaisse des fondrières. De loin en loin, dans les roseaux, résonnait le râle d'un foulque dérangé par leur passage.

Trapu et de petite taille, Renoulf portait sur sa cotte une escoffle de peau de chien sommairement attachée par une corde. Les yeux gris comme deux éclaboussures de brume, le visage ridé et le front bas, l'homme avait le mot rare.

Quand il parlait, c'était toujours en regardant fixement le sol, comme si les tourbières qui le cernaient lui avaient emprisonné l'esprit.

Tout comme son père, Maloù était court sur pattes mais robuste. Malgré ses seize ans, ni l'esprit ni la parole ne lui étaient venus et il n'aimait rien tant que de rester des jours entiers à traquer les bêtes du Yeûn.

Il connaissait si bien les dangers du vaste marécage que le recteur de Lannédern le venait souvent quérir pour le guider vers le Youdik. Cette grande flaque d'eau verdâtre qui, de temps à autres, se mettait à bouillir en lâchant de puantes odeurs.

C'était la porte des Ténèbres, la bouche béante qui conduisait tout droit aux Enfers, disaient les sages. Seul un homme de Dieu pouvait, sans risque, y emmener les âmes damnées, cousues dans la peau d'un chien noir ou d'un loup.

Le soleil venait de passer le Menez Mikêl et il ne restait plus aux deux hommes que trois collets à relever, dont l'un au bord de la rivière Elez.

– File à l'Elez, le Maloù, j'm'en vas au Yeûn. On se retrouve à la maison, grogna le père de sa voix sourde.

Le fils hocha la tête puis tourna les talons d'un air décidé, prenant une sente herbeuse qu'il savait mener à la rivière. Seulement, au fur et à mesure qu'il s'en approchait, la brume se faisait plus dense. Elle flottait en bandes épaisses à quelques pouces du sol.

On n'entendait plus rien, ni oiseaux ni souffle de vent, même le bruit des pas du jeune homme était étouffé, comme enveloppé par le brouillard.

Devant lui, le moindre rocher, le plus petit tronc d'arbre s'allongeait, se tordait, se transformait lentement. Désorienté, le Maloù s'arrêta net et leva le nez comme un chien qui cherche une piste. Les narines dilatées, tournant la tête de droite et de gauche, il huma longuement les relents de décomposition du marais cherchant l'odeur aigre de l'Elez.

Ne la trouvant pas, il s'agenouilla, posant son oreille à même la terre détrempée. Il resta un long moment ainsi, immobile, attentif aux bruits souterrains puis il se redressa.

Reprenant son bâton, il obliqua vers la droite, écartant sans bruit les hautes herbes.

Le brouillard était maintenant si épais qu'il ne distinguait plus ses chausses. Le jeune homme ne ralentit pas, car désormais un faible murmure, bruit d'eau qui coule sur des roches, le guidait. Bien que cachée à sa vue, l'Elez était proche.

La silhouette décharnée d'un arbre mort se détacha soudain devant lui. Le jeune homme reconnut le tronc torturé qui lui servait de repère pour poser ses pièges. Son collet ne devait plus être loin, dissimulé dans les joncs de la berge.

Il se dirigea vers la droite, là où l'eau vive se glissait entre les plantes aquatiques. Soudain, son bâton heurta un obstacle qui le fit trébucher. N'y voyant guère, le jeune homme écarta prudemment du pied ce qu'il pensait être une dépouille animale. C'est alors que la « chose », animée d'un sursaut bizarre, glissa sur la berge boueuse entre les hautes herbes.

Maloù se jeta en arrière. Mais la « chose », à moitié enfoncée dans l'eau, ne bougeait plus. Le jeune homme attendit un moment, mais rien ne se passait. Il s'approcha alors, le bâton levé, essayant de distinguer à quelle sorte d'animal il avait affaire.

Un gémissement lui échappa, ce qu'il avait pris pour une bête morte était le corps recroquevillé et couvert de vase d'un enfant.

Maloù se baissa et, saisissant le cadavre sous les aisselles, le tira au sec jusqu'au pied du vieil arbre. Il nettoya lentement le pauvre visage avec ses doigts, écartant les cheveux sales, grattant de ses ongles la boue et les herbes qui cachaient le menton et les joues, essayant de retrouver une figure connue.

Puis il s'arrêta, les sourcils froncés en poussant des cris inarticulés. Le petit mort ne devait guère avoir plus de huit ou neuf ans. Ses yeux révulsés le fixaient, les lèvres retroussées découvraient les dents.

Maloù se releva en hâte, et s'éloigna de sa démarche souple parmi les joncs à la recherche de son collet. Son père devait l'attendre à la maison pour partir livrer la tourbe et Maloù savait que le Renoulf n'aimait pas attendre. Quand il revint, la tête d'un foulque pendant de sa gibecière, il semblait avoir pris une décision. Se penchant pour saisir le corps de l'enfant, il le jeta sur ses épaules et, écartant les joncs, reprit le chemin du Yeûn.

La maison du Maloù et de ses parents se trouvait sur l'une des sentes bourbeuses qui menaient au marais. Riche en poissons et en gibier d'eau, le Yeûn fournissait aussi, de juin à septembre, la tourbe nécessaire au chauffage des villages environnants.

La famille de Maloù était l'une des quatre mesnies que le Yeûn faisait vivre. Chacune exploitait une tourbière et sauf cas de force majeure, aucune ne frayait avec l'autre. On savait qu'on était là et cela suffisait bien.

Cernée par une haie de taillis et de ronces, la masure semblait tenir debout comme par miracle. Une ouverture percée dans la toiture de roseaux laissait s'échapper d'épaisses volutes de fumée noire. Les murs de torchis menaçaient ruine.

Pourtant, c'était là que Maloù était né et qu'il subsistait, comme sa mesnie, agrippé au bord du Yeûn qui, bon an mal an, les nourrissait.

Ils étaient cinq à habiter dans cette misérable cahute : Turold Ar Moigne, le grand-père, Renoulf et Gaïdik, les parents, Maloù et sa petite sœur Katik.

Renoulf, comme son père avant lui et Maloù maintenant, exploitait les tourbières du Yeûn.

Du début de l'été jusqu'à l'automne, la mesnie partait matin. Après avoir tracé de grandes entailles dans la tourbe avec leurs tranchoirs, les deux hommes la découpaient, à l'aide d'un louchet, en mottes de la taille d'une brique. Les plaques humides étaient ensuite chargées par Gaïdik et Katik sur un brancard qu'elles portaient en peinant jusqu'à leur carriole.

Une fois celle-ci déchargée, non loin de la maison, il fallait empiler les mottes, et c'était là le travail de la petite Katik. Ses petites mains pleines de terre grasse, elle échafaudait une sorte de ruche, pourvue de nombreuses ouvertures, permettant à la tourbe de sécher.

Le vieux Turold, depuis qu'il avait perdu son bras dans la gueule des molosses du seigneur de Huelgoat, demeurait à la maison, aidant parfois les deux femmes.

Mais le plus souvent, il préférait traîner le long de l'Elez pour pêcher la truite ou pour somnoler, allongé sur l'herbe à côté de sa canne de roseau.

Si l'été était beau, la tourbe séchait plus vite et l'on pouvait espérer la charger rapidement pour l'emmener au château, à Huelgoat, à Saint-Herbot ou à Lannédern. Sinon, il fallait attendre, et les mois noirs, les sombres mois d'hiver, arrivaient souvent sans qu'elle ait pu sécher.

Ces quelques voyages d'été avec la carriole pleine à ras bord, étaient le seul contact que les deux hommes avaient avec d'autres gens que ceux du marais. Quant aux femmes, elles restaient captives de l'immense tristesse du Yeûn. Seul le père Gwen venait, une ou deux fois par an, de l'église de Lannédern, les faire prier pour qu'elles n'oublient pas les « Mots » !

Quand Maloù ouvrit la porte d'un grand coup de pied, Renoulf, qui venait à peine de retirer ses chausses, sursauta. Bien qu'il fasse sombre dans la masure, ce que portait son fils ressemblait trop à un corps humain pour qu'il ne s'alarme pas.

– Qu'est-ce t'as là, malheureux ?

Le jeune homme écartant d'un revers de bras deux écuelles, posa doucement le corps recroquevillé à même la grande dalle de schiste où la mesnie prenait ses repas. Renoulf se pencha et voyant le rictus du cadavre dit simplement :

– Un de plus. Où tu l'as trouvé, lui-là le Maloù ? Pourquoi tu le ramènes ici ? Il est parti, ce p'tiot, fallait l'enterrer.

Le jeune homme gémit d'un air penaud.

– Bon, bon. Va chercher la mule, j'vas prévenir ma Gaïdik. Nous l'allons mener au père Gwen avec la tourbe.

Première partie

« La Mort, le Jugement, l'Enfer froid, quand
l'homme y songe, il doit trembler.
Fol est celui dont l'esprit ne réfléchit pas.
Vu qu'il faut décéder. »

Inscription sur l'ossuaire breton de *La Martyre*

1

Cela faisait maintenant trois mois que Galeran de Lesneven avait quitté Saint-Denis, très exactement le 12 juin, lendemain de la célébration de la cathédrale par l'abbé Suger, en présence de la belle Aliénor d'Aquitaine, de son époux le roi Louis VII et de tous les notables du royaume.

Malgré la franche amitié que lui portait Suger, le chevalier, fatigué de la cour et de ses intrigues, était reparti pour le « bout du monde », moyennant la promesse faite à l'abbé de revenir à Saint-Denis le printemps suivant.

Originaire de la vicomté de Léon, en Bretagne, voilà bientôt cinq ans que Galeran n'y était retourné. Il lui tardait de revoir le manoir familial.

Sa mère l'accueillit avec ce sourire qu'il aimait tant. Elle n'avait guère changé pendant ces quelques années. Contrairement aux Bretonnes de son âge, ses origines gasconnes semblaient la protéger de la vieillesse. Même le rude climat et la froidure du pays de Léon restaient impuissants à ternir sa chevelure brune et à marquer son visage d'autres rides que celles données par un caractère enjoué.

Bien qu'elle eût perdu plusieurs petits en bas âge, elle remerciait Dieu de lui avoir laissé trois enfants et donné si bon et loyal mari.

Sa fille cadette, Arzhel, 16 ans, était partie depuis bientôt une année, pour devenir dame de compagnie de la duchesse Ermengarde, mère de Conan III, duc de Cornouailles.

Quant à Ronan, son fils aîné, il était quelque part dans le sud, entre l'Aquitaine et la Castille et l'on était sans nouvelles de lui. Noiraud et fantasque comme un latin, il se sentait plus à l'aise près de la Méditerranée qu'aux confins des mers froides.

Mais Galeran était de retour et dame Mathilde était heureuse de revoir ce fils qu'elle préférait, sans vouloir se l'avouer, à tout autre.

Calme et posé comme à son habitude, Gilduin de Lesneven avait longuement serré son cadet dans ses bras, sans rien dire.

Plus occupé à surveiller les travaux des champs et le cheptel qu'à guerroyer, Gilduin était un homme dur à la tâche et respecté de tous.

Mais c'était aussi un sage que l'on aimait à venir consulter, que l'on soit noble ou manant.

À la suite d'un incendie qui avait ravagé les écuries de la basse-cour et coûté la vie à deux de ses gens, Gilduin avait décidé de reconstruire son manoir en dalles de granit. Le coût était élevé mais le vicomte de Léon, Guiomarch III, à qui il avait rendu moult services, n'avait pas été ingrat et lui avait fourni quelques fardiers de pierres taillées et d'habiles maçons.

Gilduin devait certainement la reconstruction rapide de son manoir à un important accord conclu grâce à lui, entre le duc de Cornouailles, Conan III et la vicomté de Léon.

L'acheminement du sel depuis les marais de Guérande était devenu régulier. La diplomatie de Gilduin avait fait merveille et les précieux cristaux gris étaient désormais transportés par les bons soins de Conan III jusqu'à Quimper et charriés ensuite jusqu'au Léonnais par les hommes de Guiomarch. Cela n'était qu'un exemple, parmi tant d'autres, des talents de conciliateur du père de Galeran.

L'ancien donjon de bois avait donc été démantelé au début de l'année et une tour de pierre s'élevait dorénavant sur la motte castrale. Seule restait en chantier une seconde enceinte de pierres. La basse-cour avait été agrandie. On avait comblé l'ancien fossé, pour laisser place à des communs plus vastes. Il y avait maintenant une forge, un four à pain, une étable et, en plus des écuries, trois maisons de bois où habitaient les valets et les hommes d'armes. Les stalles pouvaient désormais abriter une trentaine de chevaux.

Ce n'était pas sans une légitime fierté que Gilduin avait fait visiter la nouvelle tour carrée à son fils. Fier, il pouvait l'être d'avoir réussi, en trente ans, à remonter son château alors que son propre père, Florent de Lesneven, en participant à la première croisade, avait pratiquement ruiné sa famille.

Galeran avait donc retrouvé avec bonheur la compagnie de ses parents et de quelques compagnons d'enfance. Beaucoup d'entre eux étaient mariés et avaient charge d'âmes.

Le temps filait, entre la chasse, la pêche et les longues veillées devant la grande cheminée du château.

C'étaient de précieux moments d'intimité où la journée finie, le corps à l'aise, chacun demeurait plongé dans ses pensées ou se lançait brusquement dans quelques récits héroïques. Tandis que dame Mathilde, qui les avait entendus cent fois, tirait en chantonnant, la laine de sa quenouille d'osier.

Pourtant, au bout de ces quelques semaines, Galeran éprouva la nostalgie de la solitude et des rivages où il errait lorsqu'il était enfant.

Il faisait beau. Le mois de septembre allait bientôt s'achever dans les dernières chaleurs de l'été qui se prolongeraient peut-être jusqu'à la mi-octobre. Ce jour-là, le chevalier partit de grand matin et après deux bonnes heures de chevauchée dans la lande, guida son cheval vers une longue plage blonde.

Quolibet, un hongre de six ans, plus habitué à la guerre qu'à la promenade, rechigna un peu devant le sol meuble du rivage, rendu humide par la marée.

Galeran sauta de sa selle et le mena par la bride jusqu'aux ruines d'une vieille chapelle perchée sur une dune.

Là, il s'immobilisa, le dos contre le vent. Aussi loin que son regard pouvait s'exercer, la mer se déroulait et se soulevait en gerbes d'écume jusqu'à l'horizon. Au bout d'un moment, il aperçut dans l'eau verte, les dos sombres d'une petite troupe de baleines qui s'ébattaient à deux pas de la plage.

Le jeune homme alla attacher son cheval à une souche blanchie puis il s'étira, respirant à pleins poumons l'air vif, chargé de ce parfum âcre qu'il aimait tant.

Depuis toujours, il se sentait chez lui sur ces hautes dunes où jadis les hommes allumaient de grands brasiers que gardaient des prêtres. Puis, on avait dû éteindre les feux à cause des nombreux et féroces raids des Vikings. Et la côte, autrefois illuminée par les grands phares romains, était retournée à l'obscurité.

Avec des pierres sèches, on avait alors construit une petite maison forte, trapue et carrée, où se tenaient quelques guetteurs chargés de donner l'alarme en cas d'attaque. Ensuite, on avait transformé la maison en chapelle. Elle avait été incendiée à deux reprises, on l'avait reconstruite et finalement abandonnée sur cette dune où elle s'enfonçait doucement dans un sable aussi fluide que celui d'un sablier, parmi les oyats et les chardons bleus.

De la porte étroite, il ne restait que quelques planches calcinées que Galeran enjamba. L'intérieur était nu. On voyait sur les murs, les traces noires des incendies et, au fond, une pierre d'autel brisée. Juste devant lui, il y avait sur le sol une longue dalle rectangulaire, près de laquelle le chevalier s'agenouilla avec respect. Il chassa d'une main impatiente le sable qui recouvrait un écu gravé dans la pierre, c'était celui des Lesneven.

Ici gisait le premier de la lignée, mort au combat face aux géants Vikings. Mais la légende familiale disait aussi que le caveau était vide.

Car seuls reposaient en paix, les Lesneven qui étaient morts en paix !

Galeran, qui croyait dur comme fer en l'indulgence infinie de Dieu, invoqua saint Michel, l'archange guerrier qui pèse les âmes. Après tout, les temps étaient violents et on ne distinguait plus très bien le bon grain de l'ivraie. Peut-être l'ancêtre avait-il su se glisser entre les deux et forcer les portes du Paradis, avec l'obstination de sa race !

Galeran se releva, l'âme apaisée.

Sur le seuil de la chapelle, il s'arrêta et regarda au loin. Les baleines avaient disparu et la mer se retirait, laissant derrière elle de grandes coulées d'algues brunes.

C'est là qu'un soir d'été orageux, Galeran avait vu sortir de l'onde où elle se baignait nue, la belle Auan aux longs cheveux. Là qu'il l'avait prise dans ses bras et avait couvert de mille baisers son corps nacré, poudré de sable blond. Dans les dunes tièdes, comme un lit de plume, l'experte Auan lui avait révélé l'amour et ils avaient vu ensemble se lever l'étoile du matin, brillant de tous ses feux. Galeran avait quinze ans, Auan en avait vingt et elle était veuve. Il ne l'avait jamais revue et jamais oubliée. Par la suite, il avait appris qu'elle s'offrait ainsi à tout venant puis avait fini par aller s'enfermer dans un couvent où sa piété faisait l'admiration de tous.

Galeran sourit au souvenir de Auan se roulant dans le creux des dunes et s'amusant à y laisser l'empreinte éphémère de son corps splendide.

« C'est peut-être cela l'éternité, songeait le chevalier en se remettant en selle. J'aimerais mourir ici, sur cette plage magique où les vivants et les morts semblent s'entendre si bien et se mêler sans regrets. »

Il fit demi-tour et décida de galoper jusqu'à l'Aber Wrac'h qu'il longea, laissant son destrier reconnaître les sentes parmi les herbes rases de la lande. Des mouettes les suivaient et tournoyaient dans le ciel clair, en poussant des cris aigus.

À peine Galeran eut-il passé le pont-levis du manoir familial que la haute silhouette de Gilduin vint l'accueillir. Un homme que le chevalier ne connaissait pas, le suivait.

– Mon fils, d'après ce que j'ai compris, ce gaillard veut te donner message de la part de son maître. Il a ordre de ne parler qu'à toi.

– Fort bien, mon père.

L'homme les observait sans rien dire. De petite taille et très trapu, il avait les jambes torses et portait sur sa broigne une ceinture cloutée d'où pendait une hache de jet. Son poil était tellement dru et noir, qu'entre sa barbe qui lui mangeait les joues et ses gros sourcils, on ne lui voyait guère les yeux, qu'il avait petits et enfoncés comme ceux d'un singe.

– Je suis Galeran de Lesneven, dit le chevalier. Qui t'envoie et que me veux-tu ?

L'homme s'inclina comme à regret devant le jeune chevalier et dit, d'une voix rauque :

– Je me nomme Thustan, je viens des monts d'Arez, messire.

Apparemment peu habitué à parler, il reprit son souffle avant de poursuivre :

– C'est mon maître, sire Broérec, seigneur du Huelgoat, qui m'envoie. Voici son message, je dois vous mener en son manoir.

L'homme sortit de sous sa broigne, un parchemin qu'il tendit à Galeran et sans attendre de réponse, alla s'asseoir en tailleur, non loin de son cheval.

Sortant sa hache de sa ceinture, il la posa devant lui et resta ainsi, immobile, le regard fixé sur son arme.

Gilduin fronça les sourcils en le voyant faire et se retourna pour s'adresser à son fils. Galeran, qui venait de refermer le parchemin, leva les yeux vers lui.

– Que te veux ce Broérec, mon fils ? Tu n'étais pas à ses côtés lors de cette drôle de guerre entre Conan III et Robert de Vitré ?

Le chevalier était songeur, il y avait bientôt dix ans qu'il n'avait revu Broérec de Huelgoat.

– Drôle de guerre, mon père, le mot est juste. C'était en 1134, je venais d'avoir dix-sept ans et j'avais offert mes services au duc de Cornouailles. Il avait pris la forteresse de Vitré mais ce qu'il lui fallait surtout, c'était arriver à la garder. Et Robert de Vitré ne l'entendait pas de cette oreille.

– Finalement, il est arrivé à ses fins, dit lentement Gilduin en détachant ses mots.

– Que voulez-vous dire, père ?

– Tu sais que je rencontre souvent notre vicomte, Guiomarch en son château. Et qu'il me fait l'honneur de me demander conseil en de nombreuses occasions.

– Oui, mon père. Mais que vous a-t-il dit ?

– Le vicomte m'a parlé de cette affaire. Et je crois que notre duc ne tient pas à ce que cela se sache. D'aucuns diraient encore qu'il y a trop de faiblesse dans sa façon de gouverner. En fait, je crois que Conan III s'est lassé de cette guerre interminable. Rends-toi compte, presque dix ans que son ancien compagnon d'armes lui dispute cette place. Il y a de cela quelques semaines, Robert s'est emparé, on ne sait encore comment, de la ville, probablement à la suite d'une trahison. Eh bien, vois-tu le duc n'a pas seulement levé une bannière pour la reprendre !

– Et ses chevaliers ?

– Il les a abandonnés. Bien qu'il ait proposé, après coup, sur le conseil de sa mère Ermengarde, le rachat de quelques-uns.

– Dix ans de guerre pour en arriver là ! Il y a de quoi perdre ses meilleurs partisans. Le vicomte vous a parlé de Broérec ?

– Que non pas. Mais que te dit-il dans son message ?

– Il parle d'un grand danger pour lui et sa famille et me demande mon aide au nom de la fidélité.

– Qu'est-ce à dire ?

– C'est une façon de me rappeler que je lui suis redevable. Broérec m'a sauvé la vie lors d'une embuscade et sans doute aujourd'hui, désire-t-il que nous soyons quittes.

Galeran se tut, la cicatrice qui barrait son front s'était creusée comme sous l'effet d'un effort intense.

– Il me va falloir vous quitter, père.

– J'entends bien, et cela ne te convient guère.

– Père, je lui dois assistance. Vous savez ce qu'est un frère d'armes. On est lié par le sang, même si on ne s'accorde pas. On partage tout et pas seulement le pain. Il y a en Broérec, comme en nous tous, le meilleur et le pire…

– Le pire, je le crains, l'emporte chez lui, dit le père d'un air sombre. Sa conduite n'est pas celle d'un chevalier chrétien. J'ai ouï-dire qu'il mène, en son château, une vie malfaisante et je le crois en voyant l'escogriffe qu'il t'envoie !

Gilduin observait son fils. Il détaillait avec fierté la haute stature du jeune homme, ce visage ouvert à peine ombré par une chevelure si courte qu'on n'en savait le noir, et ce regard changeant comme la mer de Bretagne.

– Quel compagnon était ce Broérec ? demanda-t-il encore.

– Un bien étrange compagnon, mon père. De huit ans mon aîné, il ne manquait ni d'esprit ni de lettres. Mais il pratiquait plus la guerre comme un paysan que comme un chevalier. C'est d'ailleurs pour cela que celle-là lui plaisait, c'était une guerre de paysans. Des embuscades, des pièges, des attaques de nuit… Broérec avait appris le terrain et même les hommes de Vitré ne le connaissaient pas aussi bien que lui. Oui, un étrange compagnon, en vérité, dit le chevalier en baissant la voix.

2

Dès l'aube, ce matin-là, le chevalier avait revêtu son long bliaud pourpre et sa broigne de métal. Il avait sanglé le lourd baudrier maintenant son épée d'estoc et noué son écu dans son dos.

Un valet lui avait amené Quolibet tout caparaçonné et le chevalier avait suspendu à l'arçon la gibecière, l'outre et l'épée de taille qui ne le quittaient jamais.

Après avoir reçu l'accolade de son père et serré tendrement dans ses bras dame Mathilde qui retenait ses larmes, le jeune homme était monté en selle et avait quitté, sans se retourner, le manoir familial en compagnie de Thustan.

L'homme n'avait plus ouvert la bouche depuis la veille et le chevalier, qui l'observait du coin de l'œil, pensa qu'il ferait un bien triste compagnon de voyage.

Après avoir consulté les tables géographiques conservées par son père, vaste rouleau regroupant douze parchemins, copie d'une antique carte romaine, le chevalier avait décidé d'emprunter une des voies romaines qui menait vers Carhaix et de bifurquer ensuite vers Huelgoat.

Une fois quittée l'ancienne route, il serait obligé de se fier à Thustan pour le guider dans les marais et les vastes forêts qui cernaient les monts d'Arez.

Le pays où ils allaient s'enfoncer était l'un des plus sauvages de la Basse-Bretagne, peu de routes le traversaient et peu de villes s'y étaient construites. Les monts d'Arez et l'Ar Menez Reûn Dû étaient connus pour la rudesse de leurs habitants. Les forêts y étaient profondes et noires, et les légendes nombreuses…

Décidé à arriver avant la nuit, Galeran talonna son cheval et fit signe au valet d'armes de faire de même.

Le soleil était déjà haut dans le ciel quand Galeran ordonna à Thustan de s'arrêter pour laisser boire les chevaux et pour manger un morceau. L'endroit semblait propice. À quelque distance, coulait une rivière et un bosquet d'arbres, cerné par la lande, offrait un abri.

Ils avaient dépassé depuis longtemps Landivisiau et sa foire aux bestiaux. Au loin se dessinait la silhouette déchiquetée des monts d'Arez.

Thustan attacha son cheval à une souche et alla uriner sur la voie romaine. Galeran sourit en le voyant faire. Comme beaucoup de ses compatriotes, l'homme témoignait ainsi de son mépris envers les anciens occupants de la terre armoricaine.

Après un bref regard autour de lui, le chevalier

descendit de cheval et déposa son écu au pied d'un arbre. Quand il se retourna, Thustan avait disparu, son cheval se tenait immobile, mangeant l'herbe rare autour de son attache. De l'homme, point de trace.

Galeran fronça les sourcils. On entendait murmurer l'eau sous la mousse. Quelques arbres torses ombraient la voie déserte, il n'y avait âme qui vive. L'homme était habile, à n'en point douter.

Prenant son destrier par la bride, Galeran alla remplir sa gourde au ruisseau. Quand il revint, Thustan allumait un feu, une touffe de poils sanglante gisait à ses pieds. L'homme s'était servi de sa hache et avait décapité un garenne.

– Joli coup, dit le chevalier en sortant son coutel. Occupe-toi des chevaux, je vais préparer le conil.

Sans répondre, Thustan souffla une dernière fois sur ses brindilles, posa une écorce sur le feu qui prenait lentement puis alla bouchonner les chevaux avec des touffes d'herbe. Il les poussa ensuite vers le ruisseau pour qu'ils puissent s'abreuver et les y laissa. Galeran, assis sur un rocher, l'observait. L'homme soutint un instant le regard bleu du chevalier puis détourna les yeux et montrant une haute pointe rocheuse à l'horizon, dit lentement :

– Le Roc'h Trevezel, le Yeûn…

– Le Yeûn ? Le marais des Enfers ?

L'homme hocha la tête d'un air entendu puis vint s'asseoir non loin du chevalier. Galeran avait ouvert sa gibecière et lui tendit un morceau de pain et un gros oignon.

– Tiens mange, dit le chevalier. Parle-moi un peu de toi, l'homme. Tu étais à Vitré avec ton maître ?

Le visage de Thustan se ferma. Il hocha négativement la tête et ne prononça plus un mot. Il avait posé sa hache devant lui et la regardait en déchiquetant un morceau de carcasse à pleines dents.

Jugeant qu'il ne tirerait rien d'autre du Breton, Galeran n'insista pas et tous deux mangèrent en silence.

Le chevalier avait relu le message sibyllin du seigneur de Huelgoat et se demandait ce qui pouvait constituer un danger pour un homme tel que lui.

Adossé à un arbre, il aiguisait maintenant son coutel tout en surveillant son compagnon de route.

Après avoir rongé les os du conil et s'être essuyé à sa manche, Thustan s'était mis à nettoyer avec de l'herbe le sang séché qui tachait encore sa lame. Il fredonnait un vieux chant guerrier dont le chevalier reconnut la sauvage mélopée plus que les paroles.

À n'en pas douter, cet homme-là était un « homme de sang », un de ces guerriers que seule réjouit l'eau de vie rouge qui coule des veines ouvertes de l'ennemi.

Galeran, rangeant son coutel dans son fourreau, le héla :

– Allez Thustan, on s'en va, nous serons bientôt chez toi. Va chercher les chevaux.

D'un coup de rein, l'homme fut debout, sa

hache glissée dans la ceinture, il s'en alla quérir les montures qui s'étaient éloignées.

Pendant ce temps, le chevalier dispersa les cendres et les ossements qu'il recouvrit soigneusement de terre et de feuilles.

D'après ses calculs, il ne devait plus rester que cinq ou six lieues pour arriver au château de Broérec.

Après avoir flatté l'encolure de Quolibet, il sauta en selle et les deux hommes repartirent à vive allure vers le Roc'h Trevezel et Huelgoat.

3

Cela devait faire plus d'une lieue maintenant que Galeran et Thustan avaient quitté la voie romaine menant à Carhaix.

L'homme avait fait signe au chevalier qu'il était temps de s'enfoncer dans la futaie. Poussant son robuste petit cheval en avant, Thustan avait pris la tête sans hésiter, il était chez lui, cela se voyait. Trouvant une étroite sente, les deux cavaliers avaient coupé à travers les hautes fougères.

Cette forêt-là conservait toute sa sauvage noirceur. Les troncs en étaient élancés comme des colonnes de cathédrale, le jour perçait avec difficulté au travers des ramures. C'était une forêt de chênes noueux, de pins et de frênes centenaires. De grosses roches qu'il fallait contourner, barraient parfois les sentes.

Après la luminosité de la lande, le chevalier trouva bien sombres ces bois que la main de l'homme n'avait pas encore domestiqués.

Thustan avait ralenti. Le passage était de plus en plus étroit, des ronces s'accrochaient à leurs braies et aux jarrets des chevaux. Ils avançaient maintenant au pas, l'un derrière l'autre, tandis que le jour commençait à décliner.

Un hululement lointain retentit, faisant hennir les bêtes. Un cri guttural, tout proche celui-là, lui répondit. Thustan grogna et talonna sa monture. Le chevalier posa la main sur la garde de son épée. Les chevaux s'agitaient, nerveux, les oreilles dressées.

Les deux hommes entendirent un bruit de branches cassées et soudain, une sorte de géant au torse enveloppé d'une peau de mouton surgit devant eux, leur barrant le passage.

Galeran vit bouger les taillis alentour, l'homme ne devait pas être seul. Ignorant le chevalier, il s'adressa à Thustan :

– Où tu vas le Thustan ? Comme un chien courant, rejoindre ton damné maître ?

La voix de l'homme était rauque, et son visage ne laissait rien augurer de bon.

Avec un hurlement sauvage, Thustan avait porté la main à sa hache et se serait jeté sur lui si Galeran, qui avait fait avancer son cheval à ses côtés, ne l'avait fermement retenu par l'épaule.

– Ne bouge pas Thustan, c'est un ordre !

Le ton du chevalier était sans réplique. Thustan s'immobilisa en grognant. Galeran se tourna vers le géant, qui n'avait pas bougé d'un pouce pendant cet échange, et lui dit calmement :

– Qui es-tu et que nous veux-tu, l'homme ?

– Et vous-même, messire, que faites-vous chez moi ? répondit insolemment le géant.

– Chez toi ?

– Oui, messire, ce bois et tout ce qui l'entoure sont mon domaine. Et que nul en ces lieux ne s'avise de dire le contraire.

– Alors, puisque j'ai affaire à un seigneur, permets-moi de me présenter. Je me nomme Galeran de Lesneven. Et toi, comment te nomme-t-on ?

Le visage de l'homme se crispa. Il se redressa de toute sa haute taille et lança avec arrogance :

– De par ma barbe, Hoël de Huelgoat, pour vous servir, messire.

Thustan se raidit mais ne bougea pas.

Plus Galeran détaillait le visage de son interlocuteur, plus il en remarquait la finesse et surtout la jeunesse. Ce gaillard-là, malgré sa forte carrure, ne devait guère avoir plus de dix-huit ans.

– Je ne connais qu'un seigneur de Huelgoat, il se nomme Broérec, dit fermement le chevalier en appuyant sur chaque mot.

Le visage de l'homme vira au rouge. Ses mâchoires se serrèrent et il lâcha avec hargne :

– Celui-là, ce n'est ni un seigneur ni un homme, c'est un démon ! Et si vous l'allez voir, rebroussez chemin pendant qu'il en est temps !

Thustan gronda comme un animal à la chaîne.

– Toi, ne bouge pas, tu entends, lui dit le chevalier d'un ton rude.

Puis se tournant vers le grand gaillard :

– Même si je le voulais, je ne le pourrais faire. J'ai une dette à payer et si tu es homme de fidélité, comme je le crois, tu comprendras que je dois aller de l'avant.

L'homme hésita, scrutant le visage du chevalier :

– Je vous laisserai passer à deux conditions, messire.

– Lesquelles ?

– Que vous ne m'oublierez point quand vous serez arrivé chez Broérec et que si je vous demande entretien, vous me l'accorderez.

Après avoir longuement observé le visage carré du jeune géant, le chevalier hocha la tête.

– C'est entendu, Hoël de Huelgoat, je ne t'oublierai point et t'accorderai rencontre. Maintenant, laisse-nous passer.

Mais l'homme avait déjà disparu, happé par les taillis. Furieux, Thustan grogna :

– Je tuerai ce chien !

– Tiens, Thustan, tu as retrouvé ta langue. Tu le connais donc ?

L'homme ne répondit pas et se renferma dans son mutisme habituel.

– En tout cas, si toi tu ne le connais pas, lui te connaît et sait qui est ton maître ! Tout ça commence à m'échauffer les sangs, Thustan. Passe devant et conduis-moi à Broérec avant que je ne perde patience.

Sentant qu'il valait mieux obéir, Thustan cravacha son cheval. La sente allait maintenant en s'élargissant et les deux hommes purent à nouveau chevaucher côte à côte.

Au sortir du bois, ils débouchèrent au pied d'une colline dénudée, couverte de roches grisâtres et de ronces.

Thustan désigna du doigt le haut mur d'une enceinte de pierres, bordée d'un fossé.

– Le camp de messire Broérec, dit-il.

Un large pont-levis de chêne, aux poutres bardées de plaques de fer, barrait l'accès à la motte castrale.

Apparemment, Broérec de Huelgoat avait installé sa tour sur l'emplacement d'un ancien camp romain. Galeran reconnut l'empreinte des pontonniers romains à cette façon qu'ils avaient de placer leurs pierres et de les jointoyer. De plus, la position de l'ancien oppidum était idéale, les pentes étaient abruptes, les alentours dégagés et de là-haut, on devait voir à vingt lieues à la ronde.

4

Les deux cavaliers approchèrent lentement et s'arrêtèrent à une vingtaine de mètres de l'entrée du camp. Thustan détacha le cor qui pendait à son arçon et sonna trois longs appels auxquels répondirent aussitôt trois coups brefs venus de l'enceinte.

On les avait déjà vus depuis longtemps et on entendait fuser des ordres à l'intérieur du camp. Apparemment, l'arrivée des deux hommes provoquait une certaine agitation.

En attendant, Galeran qui laissait faire le valet

d'armes, regardait autour de lui. Non loin de l'entrée, était planté un gibet où se balançait le corps d'un vieillard décharné.

« C'est bien dans la façon de Broérec de donner ce genre d'avertissement », songea-t-il.

Le chevalier tirant sur les rênes, s'approcha.

L'exécution semblait récente. Les corbeaux n'avaient pas encore fait leur œuvre. Le visage noirâtre du malheureux était intact, sa cotte de toile en haillons et ses braies usées disaient assez sa condition misérable.

– Montrez-vous, hurlait un garde en faction sur le chemin de ronde.

– C'est moi Thustan. À quoi tu joues, espèce de cagnard, maraud, sombre teigne, va quérir sire Broérec et ouvre-nous en vitesse !

L'homme ne répondit pas au chapelet d'injures, mais on entendit grincer les lourdes chaînes et le pont-levis s'abaissa lentement, découvrant la basse-cour du château de Huelgoat.

Au moment où les deux hommes s'engageaient au galop sur la passerelle de bois, Galeran entendit un sifflement caractéristique et se baissa d'instinct sur l'encolure de son cheval.

Le message n'était apparemment pas pour lui, mais pour le Thustan car une longue flèche empennée de blanc s'était plantée en vibrant non loin de sa tête.

– Vite, vite, hurla-t-il. Fermez donc, bande de rats !

Le pont-levis fut remonté en hâte, coupant les deux hommes du monde extérieur.

– Chaleureux accueil, dit Galeran. Ce doit être

un mot doux de notre ami de tout à l'heure. Contre qui êtes-vous en guerre, Thustan ?

– Contre des paysans, mon ami. Contre « mes » paysans, répondit une voix que Galeran reconnut tout de suite.

Broérec, seigneur du Huelgoat, était devant lui. Ses cheveux blonds flottant librement sur ses larges épaules. Vêtu d'un long bliaud noir et d'une broigne, il portait au côté son arme favorite, un grand cimeterre sarrasin à la redoutable lame courbe.

Toutes ces années de guerre ne l'avaient pas changé. Une longue cicatrice, que Galeran ne lui connaissait pas, balafrait sa joue gauche.

L'homme, qui approchait les trente-cinq ans, avait la haute stature et la blondeur d'un Danois, seuls ses yeux noirs au regard dur et son vêtement témoignaient de ses origines armoricaines. Il y avait en lui une séduction étonnante que ses traits réguliers ne suffisaient pas à expliquer. « Homme fatal, homme de guerre », songea le chevalier en le dévisageant.

– Je savais que tu viendrais à mon appel, Galeran. Dès que j'ai appris que tu étais au château de ton père…

– Comment l'as-tu appris ?

– Peu importe, dit Broérec avec hauteur.

– Il importe, en revanche, que tu m'expliques ce qui se passe ici, rétorqua sèchement le chevalier.

– Je vois que tu es toujours aussi susceptible, fit le géant.

Le visage de Galeran était fermé, il regardait le

géant droit dans les yeux.

– Bien ! Le ton de Broérec s'était fait plus cassant. C'est ainsi que tu veux que nous jouions tous les deux. Soit, suis-moi et je t'expliquerai.

La basse-cour était suffisamment vaste pour abriter plusieurs cahutes de bois et une écurie. Une vingtaine d'hommes d'armes y vaquaient à leurs occupations. Galeran confia à regret son cheval à un gamin dépenaillé qui le mena vers les abreuvoirs. Une citerne couverte occupait le centre de l'esplanade. Une haute palissade et un deuxième fossé protégeaient la tour fortifiée de Broérec. Des passerelles de bois et un second pont-levis permettaient d'y accéder. Entièrement en bois merrain, massive et de forme carrée, la tour du seigneur de Huelgoat était haute de trois étages.

– Je te dirai tout, mais d'abord il est important que tu connaisses ce château aussi bien que moi-même. Viens.

Galeran hocha la tête et entra à la suite du géant dans la vaste salle qui servait tout à la fois de cuisine, de magasin, et même d'écurie en temps de guerre.

Un four, dont la fumée essayait de s'échapper tant bien que mal par une étroite meurtrière, servait à la préparation des repas. Des pièces de gibier environnées de mouches pendaient aux poutres noircies. Des bottes de foin et des fagots étaient entassés dans un coin. Juste à côté, une trappe permettait d'accéder à une cave. Broérec écarta les planches, et Galeran entendit une sorte de frottement régulier qui s'élevait du souterrain.

– Vas-y descends, tu dois tout voir. Cet endroit nous sert de cellier et de réserve, dit Broérec en faisant glisser une échelle par l'ouverture.

Le chevalier se laissa glisser avec agilité le long des montants de bois. La cave était profonde et plus large que la salle du dessus.

Des jarres de grains, des tonneaux et de grands saloirs en grès s'y alignaient. Une torche, plantée dans le mur, diffusait une clarté fumeuse. Au fond, une grosse meule à grains tournait lentement, poussée par un homme enchaîné comme une bête à l'axe de la meule.

– Qu'est ceci ? dit Galeran.

– Une meule à grains, mon ami, répondit le géant blond en souriant.

– Tu n'as pas changé, n'est-ce pas Broérec ? Qu'a fait cet homme pour que tu l'enchaînes ainsi ?

– Disons qu'il m'a trahi, voilà tout.

– Comme le vieux qui est pendu dehors ?

– Non, celui-là m'avait volé, répondit le géant blond.

– Que t'avait-il volé de si précieux que tu lui ôtes la vie ?

– Du bon pain, dit Broérec avec froideur, cela te suffit comme explication ?

– Je vois, dit Galeran. Continuons la visite, si tu le veux bien. L'air de ta cave ne me convient guère.

Après être sortis du cellier, les deux hommes grimpèrent par une autre échelle jusqu'au premier étage de la tour.

– Comme tu peux le voir, c'est ici que je

demeure. Il y a deux chambres à cet étage. J'ai pensé que tu n'aimerais pas partager ma couche et t'ai fait installer un lit de camp dans l'autre chambre, à côté.

Il s'agissait d'un réduit éclairé par une meurtrière. Sur un escabeau à côté du lit de sangle, il y avait une aiguière remplie d'eau, une serviette de lin élimée et un bol.

– Tu as eu raison, dit le chevalier en détaillant la petite pièce, le lit de camp m'ira fort bien !

L'ameublement de la grande salle était des plus simples. Un vaste lit clos, fermé par des portes coulissantes, une longue table entourée d'escabeaux, un coffre sculpté qui servait de garde-robe et deux grands bancs. Des tentures de laine rouge recouvraient les murs, étouffant les sons et protégeant difficilement la salle des courants d'air.

On était en septembre et pourtant la pièce était glacée. Galeran se demanda comment devaient être les « mois noirs », les redoutables mois d'hiver, dans cette tour isolée et battue par les vents. Il n'y avait pas même une cheminée pour procurer réconfort et chaleur, seul un grand brasero, monté sur roulettes, occupait le centre de la pièce. Galeran étendit les mains au-dessus des braises qui rougeoyaient doucement, réchauffant ses jointures engourdies par la chevauchée.

Une meurtrière laissait passer un peu de lumière. Des torches qu'on allumerait à la nuit tombée, étaient plantées dans des cônes de fer, cloués aux murs. Seule décoration dans cet intérieur spartiate, des bannières qui pendaient des poutres du plafond et une panoplie de masses d'armes, de lances et d'épées occupant tout un mur de la haute salle.

Le chevalier s'en approcha et examina en connaisseur le fil des lames et les gardes gainées de cuir.

– Viens, on continue la visite, suis-moi, dit Broérec.

Une autre échelle permettait d'accéder au deuxième étage de la tour.

– Il y a trois pièces ici, deux pour mes fils qui ne s'entendent guère et la troisième qui sert de dortoir aux hommes d'armes, dit Broérec en désignant des litières posées à même le sol. Les hommes se relaient, nous sommes une trentaine en tout, certains dorment dans les chaumières du bas ou dans les écuries. Les autres montent la garde.

– Tu as donc des fils ?

– Oui, deux, Drogon et Jestin. Tu les rencontreras, ils sont partis à la chasse avec quelques hommes. La nuit tombe, ils ne vont pas tarder à revenir. Voici la dernière échelle, monte.

Galeran s'exécuta. Cette dernière trappe donnait au sommet du donjon. Un étendard sable claquait le long de sa hampe de bois.

Deux hommes d'armes se redressèrent en voyant arriver Broérec qui leur jeta un regard dur.

De hauts créneaux couronnaient ce dernier étage. Un abri en planches et peaux de bêtes devait permettre aux guetteurs de se protéger des vents et des pluies nombreuses dans la contrée.

Galeran s'approcha des créneaux et se pencha.

Le soleil baissait à l'horizon, éclairant de ses reflets rouges les crêtes des monts d'Arez. La tour semblait flotter, tel un drakkar sur l'océan vert du

Huelgoat, le « Bois Haut », qui cernait la colline. Elle surplombait le paysage, et par temps clair, devait même permettre de discerner la lointaine Montagne Noire, l'Ar Menez Reûn Dû. À quelques lieues de la colline, on distinguait à travers les arbres, une mince colonne de fumée.

– Tu as des voisins ? demanda le chevalier étonné.

– Que non pas, les gens n'aiment pas traîner de ce côté-là. Si tu t'y perds, on te retrouve matin, le cou tordu ou la gorge déchiquetée et l'âme envolée. Les vieux d'ici racontent que l'Ankou fait sa cuisine dans les rochers et qu'il vaut mieux pas le déranger. Ils disent que la mort n'aime pas qu'on la surveille ! En vérité, c'est surtout un endroit infesté de loups. Baste, là-bas, ce doit être des braconniers, nous finirons par les coincer quand ils regagneront les sentes ou la voie de Carhaix. Tiens, regarde de l'autre côté, tu vois ce qui brille là-bas ?

– Oui, c'est un lac ?

– Que nenni, ce n'est pas un lac, c'est le Yeûn ! Et ses grandes tourbières, un endroit intéressant, tu verras.

L'intonation était si particulière, que Galeran tourna la tête vers Broérec. Une drôle de petite lueur s'était allumée dans les yeux du seigneur de Huelgoat.

– Bien, dit Galeran en lui posant la main sur l'épaule, maintenant que j'ai visité, si nous parlions de ce que tu attends de moi.

– Viens, redescendons jusqu'à ma chambre.

5

Broérec alla chercher une cruche d'hydromel et deux gobelets. Il en servit une généreuse rasade à Galeran avant de s'asseoir près de lui, sur un long banc de chêne, un peu bancal.

Le géant semblait perdu dans ses pensées, une ride soucieuse barrait son front. Il vida lentement son gobelet tout en regardant fixement le chevalier.

Galeran ne détourna pas les yeux, finissant avec plaisir la boisson au goût de miel sauvage. Les deux hommes s'observèrent ainsi longtemps avant que le seigneur du Huelgoat ne se décide à ouvrir la bouche.

– Tu te souviens de nos combats, Galeran ?

– Oui, comment aurai-je pu les oublier ?

– Ce que tu as connu pendant une année, je l'ai vécu pendant dix ans. Dix ans de batailles acharnées et des dizaines de chevaliers tués pour un duc qui n'en mérite pas le titre ! Pour un duc de pacotille !

Broérec était devenu très pâle, un éclat sauvage brillait dans ses yeux, une fine sueur perlait à la racine de ses cheveux blonds.

– J'ai appris tout cela avant de venir te voir, dit Galeran calmement. Comment t'en es-tu sorti ?

– Le vicomte du Poher, Tanguy, a payé une partie de ma rançon et mes fils se sont endettés. Sans cela, je serai resté à pourrir dans les fosses de Vitré, comme certains de mes compagnons qui y sont encore !

– Je comprends ta rancœur Broérec, mais ce

n'est certainement pas pour parler de cela que tu m'as fait venir. De quoi s'agit-il et en quoi puis-je te servir ?

– Viens, puisque tu veux savoir pourquoi, je vais te le montrer.

L'homme se dirigea vers le lit clos :

– Tu n'as rien remarqué en entrant dans cette pièce ou bien as-tu oublié nos vieilles coutumes bretonnes, Galeran ?

Le chevalier s'aperçut soudain qu'une chandelle de résine brûlait sur la table, une seconde près du brasero et une troisième près du lit. Les trois chandelles de la mort étaient en place.

Quand Broérec poussa les panneaux de bois, Galeran savait déjà qu'il allait se trouver face à un cadavre mais il n'avait pas pensé que ce serait celui d'une fillettc.

– Regarde, approche, voilà la cause. Non, je devrais te dire l'une des causes de mes ennuis. Je veux que tu trouves qui a tué cette gamine.

Le corps de la petite fille était enveloppé d'un drap funèbre. Seul son visage livide dépassait du linge. Elle devait tout au plus avoir dix ans.

– Des paysans l'ont trouvée dans le bois cet après-midi. Ils l'ont portée jusqu'ici en me demandant justice. C'est le septième cadavre d'enfant que l'on trouve en quelques mois…

Après un silence pesant, le géant reprit :

– Inutile de te dire que je ne suis guère aimé dans le pays, mais tout ceci n'a pas arrangé les choses. Les paysans sont en train de se rebeller, certains pensent que je suis incapable de les protéger eux et leurs familles contre le meurtrier, ils me dénient toute autorité et ne me craignent plus. D'autres croient que c'est moi l'assassin de ces enfants. Comme tu as pu le voir, nous sommes quasiment en état de siège. Je ne suis pas un tendre, tu es bien placé pour le savoir, mais je n'aurais jamais tué froidement des petiots !

Pour la première fois depuis son arrivée au château, Galeran esquissa un sourire :

– Oh, oui, Broérec, je sais à quel point tu sais te faire aimer… Néanmoins, je te vois mal tuer une gamine. Qu'attends-tu exactement de moi ?

– J'ai besoin de toi pour prouver mon innocence, Galeran. Tu sais, même au fond de notre Bretagne, j'ai appris tes exploits à la cour de Louis VII. On dit même que la reine Aliénor a un certain penchant pour toi…

Galeran haussa les épaules.

– Si, si, je sais que tu es recherché de tous. Même notre vicomte Tanguy, qui n'est certes pas un homme de cour, a entendu parler de toi. Quant à moi, je n'ai pas oublié cette sombre histoire de trahison à Vitré, tu as été le seul à deviner qui était le coupable. Je veux que tu m'aides Galeran, et tu ne peux me le refuser, ajouta Broérec d'un ton sans réplique.

– Je pense qu'il n'est pas courtois de me le rappeler. J'ai toujours su où était mon honneur. Écoute bien ceci, Broérec, j'accepte de t'aider, mais sache que si je découvre que c'est toi qui a tué ces gosses… alors je n'aurai de repos avant que de t'avoir passé par le fil de mon épée.

Les deux hommes se toisèrent un instant.

– Soit, dit enfin Broérec, en passant machinalement ses doigts sur la cicatrice qui lui balafrait la joue. Crois-tu que je te craigne ?

– Non. Maintenant dis-moi de quoi est morte cette gamine ? Et les autres ?

– Aussi bizarre que cela paraisse, personne ne le sait !

– Que veux-tu dire ?

– Aucun des autres et celle-là pas davantage, je l'ai vérifié, ne portait de blessure mortelle.

Le chevalier fronça les sourcils.

– Puis-je examiner cette pauvre gosse ? Ferme la trappe et allume une torche, on n'y voit goutte ici.

Broérec saisit une des torches qu'il approcha du brasero avant de la ficher dans le mur, non loin du lit. Sans attendre, Galeran s'était penché sur l'enfant. Il écarta doucement le drap découvrant le petit corps maigre, sa blouse et ses braies en haillons.

– Tu la connais Broérec ?

– Non. Mais il paraît que c'est une gamine de Lannédern.

– De Lannédern, mais il y a au moins trois lieues entre Huelgoat et ce village !

– C'est vrai. Comment sais-tu cela ? Tu as étudié les tables avant de venir, bien sûr ! Toujours aussi prévoyant, n'est-ce pas ?

– Que faisait donc cette gamine par ici, si loin de chez elle ? demanda Galeran sans prêter attention au ton sarcastique de Broérec. Allume une autre torche, on n'y voit pas assez.

– Je ne sais ce qu'elle faisait dans mes bois et à vrai dire, peu me chaut. J'eusse préféré qu'elle aille mourir ailleurs, c'est tout.

À la lueur de la torche tenue par Broérec, le chevalier examina le corps décharné de l'enfant. La raideur cadavérique avait fait son œuvre depuis longtemps. Les bras et les jambes étaient recroquevillés.

– Il faut que je la déshabille. Donne-moi ton poignard, je vais être obligé de couper ses vêtements.

Non sans mal, vu la position repliée de l'enfant, Galeran découpa la blouse et les braies. Ils étaient souillés en maints endroits comme si l'enfant avait vomi dessus. De nombreuses traces bleues marquaient les chevilles et les poignets. Les petites mains étaient pleines de terre et les ongles cassés. Ses genoux portaient d'épaisses callosités.

Le chevalier poursuivit son étude, examinant avec attention les yeux révulsés.

– Tu as une cuillère ? Ou, tiens, repasse-moi ton coutel.

Broérec lui rendit l'arme. La lame était suffisamment mince pour permettre à Galeran d'écarter un peu les dents entrouvertes dans un vilain rictus. N'ayant rien remarqué dans le fond de la bouche, le chevalier souleva les lèvres et regarda attentivement les dents. Une ligne bleue sombre soulignait la lisière des gencives.

Galeran fronçant les sourcils, saisit les épaules de l'enfant, qu'il retourna doucement. Le dos était entaillé de multiples plaies.

– Par ma barbe, celui qui a fait ça n'y est pas allé de main morte ! s'exclama Broérec qui s'était penché au-dessus du chevalier. Tu crois que c'est cette correction qui l'a tuée ?

Le chevalier hocha la tête négativement et se redressa l'air songeur.

Il ferma les yeux de l'enfant et faisant un signe de croix sur les paupières closes enveloppa complètement le petit corps dans le drap funéraire qu'il noua à la tête et aux pieds.

– Il faut la faire enterrer rapidement, dit Galeran d'une voix lasse. Si elle vient de Lannédern, nous devons l'y porter demain.

Le chevalier parut réfléchir.

– Il faut que je voie sa mesnie. Ceux qui te l'ont amenée t'ont-ils dit quelle était sa parentaille ?

– Oui, un des paysans m'a dit que cette gamine était la fille cadette des taverniers.

– Eh bien, demain nous leur ramènerons leur fille afin qu'elle soit enterrée comme il se doit, en terre consacrée.

Broérec se récria :

– Tu ne te rends pas compte que si je vais là-bas, surtout avec le corps de cette gosse, je risque d'être taillé en pièces !

– Et toi, gronda le chevalier, tu ne te rends pas compte que si tu n'y vas pas, tu perds toute chance d'éclaircir ce mystère. Ce n'est pas en te terrant ici comme un rat ou en mettant le pays à feu et à sang que tu prouveras ton innocence !

Le seigneur du Huelgoat était devenu blanc de rage.

– Je ne me suis jamais terré ici ! Et par ma barbe, si un autre que toi m'avait dit cela...

– Garde tes menaces pour d'autres que cela

impressionne, Broérec et réagis ! Si tu veux que je t'aide, il va falloir essayer de comprendre ce qui se trame.

Le géant maugréa entre ses dents puis dit :

– Soit, nous irons ensemble à Lannédern, mais ne t'avise plus de me tenir ce genre de langage.

Broérec alla à la meurtrière. On entendait la sonnerie d'un cor et un concert d'aboiements furieux. La trompe des guetteurs répondit à l'appel du cor. Les hommes d'armes s'agitaient dans la basse-cour du camp.

– Ce sont mes fils qui reviennent de la chasse, nous aurons du sanglier ou du cerf pour nos prochains repas. Viens Galeran, allons les rejoindre.

Tu vois, comme je ne suis pas rancunier, je te promets pour bientôt une chasse comme tu n'en as jamais faite. La forêt d'ici vaut toutes celles du royaume franc. On y trouve gibier comme nulle part ailleurs.

Broérec parlait avec fougue et Galeran se souvint de ce penchant immodéré qu'il avait pour la chasse.

À Vitré, malgré la guerre et ses obligations de commandement, l'homme était capable de disparaître des jours entiers pour traquer une proie.

– Je vais demander à un de mes hommes de déposer la petite à la cave pour la nuit… elle sera au frais et aura même quelqu'un pour la veiller jusqu'au petit matin.

Galeran ne répondit pas et suivit Broérec par l'échelle qui menait au pied de la tour.

6

Il faisait sombre maintenant. Des torches brillaient dans la cour. On s'affairait autour des chevaux qui hennissaient et ruaient.

Deux énormes dogues noirs, le poil hérissé et couvert d'écume, s'approchèrent en grondant du chevalier. Les crocs découverts, dégoulinant de bave, les molosses avançaient lentement, prêts à bondir.

En un éclair, Galeran se souvint de ces récits où des chiens de guerre déchiquetaient les gorges des chevaux avant de se jeter sur leurs cavaliers, il tira vivement son poignard et attendit.

Un sifflement bref retentit et un jeune colosse muni d'un flambeau s'approcha. Les deux mastiffs firent aussitôt demi-tour et se couchèrent en gémissant devant leur maître.

L'homme leur distribua quelques coups de pied puis sans prêter attention au chevalier, s'inclina devant le seigneur du Huelgoat :

– Je vous salue, mon père. Pardonnez-moi, mais j'ai été entraîné plus loin que je ne le voulais par un vieux solitaire.

Bien qu'il n'eût pas la beauté de Broérec, le jeune homme en avait la carrure. Ses cheveux longs en désordre et sa barbe trempée de sueur, témoignaient de la violence de sa course. Des tâches sombres maculaient son bliaud, une branchette de chêne était glissée à sa ceinture.

– Je vois que tu l'as eu ? dit Broérec en fixant le rameau sanglant passé dans le cuir du ceinturon.

Le jeune homme répondit par un sourire carnassier, ses yeux aux paupières tombantes lancèrent un éclair :

– Oui, père, regardez.

Sur un signe de lui, deux hommes d'armes déposèrent devant Broérec une perche où était attaché par les pattes, un énorme sanglier noir.

La bête, un vieux solitaire au garrot puissant, était couverte de plaies. Sa gorge avait du être arrachée par les mastiffs et un rameau de chêne était enfoncé entre ses mâchoires sanglantes.

Broérec regarda l'animal puis tapa avec fierté sur l'épaule de son fils.

– Belle prise Drogon, mon fils. Il n'a pas dû être facile à forcer, celui-là !

Puis se tournant vers les hommes d'armes, il ordonna :

– Allez vous autres, emmenez cette carcasse aux cuisines et qu'on la mette à faisander hors de portée de ces chiens d'Enfer !

Après s'être inclinés devant Drogon et devant Broérec, les deux gaillards, l'air harassé, soulevèrent la perche et se dirigèrent lentement vers le donjon.

– Viens, fils, que je te présente à Galeran de Lesneven, un vieux compagnon d'armes, je t'en ai déjà parlé. Nous nous sommes connus à Vitré, voici maintenant dix ans. Mon fils aîné, Drogon.

Les deux hommes se saluèrent d'un bref mouvement de tête, peu enclins l'un comme l'autre aux grandes effusions.

– Mais où est donc passé ton frère ?

– Tu sais comment il est. Il a disparu dès le

début de la traque. Thustan m'a dit qu'il venait de rentrer, lui aussi. Il est aux écuries en train de soigner son cheval.

– Que nenni, mon cher frère, je suis ici.

La voix était douce, mais un peu trop haut perchée et le jeune homme qui se présenta au chevalier et à son père ne ressemblait en rien à Drogon.

Il devait, tout au plus, avoir quatorze ans et était encore imberbe, un mince duvet ombrait juste ses lèvres fines. De petite taille, ses cheveux noirs coupés courts, le fils cadet de Broérec était aussi mince que son frère était large. Habillé très simplement d'une cotte d'épais drap blanc et de braies sombres, il portait un grand arc à l'épaule.

Le jeune homme salua brièvement son père et s'inclina devant le chevalier d'un air vaguement moqueur :

– Bonjour messire, je me nomme Jestin de Huelgoat. Thustan m'a dit que vous aviez parlé à Hoël dans le bois, lors de votre arrivée ?

– Quoi ! Et tu ne m'en as rien dit, s'exclama Broérec.

– Je ne savais pas que c'était d'un si grand intérêt pour toi, rétorqua Galeran. Et puis, nous n'avons guère eu le temps de bavarder depuis mon arrivée. Cependant, j'avoue avoir été un peu étonné par l'aplomb de ce gaillard, je voulais t'en entretenir. Il se prétend seigneur du Huelgoat !

Les hommes qui s'étaient dirigés tout en parlant vers la tour, grimpèrent à l'échelle et se retrouvèrent dans la salle du premier. Ils croisèrent deux valets d'armes qui portaient le cadavre de la fillette et s'apprêtaient à le descendre à la cave.

– Qui est mort, père ? demanda Drogon, l'air surpris.

– Un autre gosse, répondit laconiquement Broérec.

Jestin recula pour laisser passer les hommes d'armes, une expression de désarroi sur le visage.

– Nous le connaissons ? demanda-t-il d'une voix sourde.

– Non, à moins que tu ne fréquentes la taverne de Lannédern.

– C'est la p'tiote des taverniers ? dit aussitôt Jestin.

– Vous la connaissiez ? lui demanda vivement Galeran.

– Euh oui, je vais souvent à l'enclos de Lannédern pour me recueillir et j'ai eu l'occasion de rencontrer cette enfant. Drogon aussi d'ailleurs, car il tourne autour de la fille aînée des taverniers qui lui convient bien.

– Tais-toi donc imbécile, je n'ai que faire de cette garce. Elle est sale et laide. Et puis que connais-tu des ribaudes, toi qui es toujours puceau ? s'exclama Drogon en éclatant d'un gros rire.

Jestin devint très pâle et porta la main à sa dague.

– Un jour, je te ferais rentrer ça dans la gorge…

– Il suffit vous deux ! ordonna le père. Drogon, allume les torches et va t'occuper des tours de veille. Envoie le vieux Cléophas qu'il dresse la table et apporte à boire. À force de parler, j'ai le gosier sec.

Songeur, Galeran observait les deux frères, se disant que décidément tout les opposait. Autant l'un était fin et d'allure souple, autant l'autre se montrait rude et agressif. Mais en y réfléchissant, et en revoyant la flamme qui avait brillé dans le regard de Jestin, le chevalier se demanda lequel des deux était finalement le plus dangereux.

Pendant ce temps, Drogon avait allumé en maugréant une autre torche et était grimpé dans les étages, donner des ordres aux guetteurs de la tour.

Broérec qui, visiblement, pensait toujours au jeune Hoël, allait et venait dans la pièce, l'air excité.

– Ce Hoël est un bâtard de paysan ! Tout ça parce que j'ai engrossé sa mère, un jour que ma femme était pleine et ne voulait pas m'accueillir !

Broérec reprit haleine et poursuivit :

– Elle aurait dû y prendre du plaisir, la garce, au lieu de crier partout que je l'avais violée ! Et puis, après tout, je ne suis pas si méchant. À l'époque, j'aurais pu la prendre comme servante au château. Au lieu de ça, elle a refusé et ses parents l'ont chassée dans la forêt à la naissance d'Hoël. Elle vivait comme une sauvage dans une grotte non loin d'ici. Son gamin a grandi. Et cette chienne qui m'en voulait toujours, s'est pendue quand il a eu douze ans. Et tu m'en croiras si tu veux, le Hoël a traîné jusqu'ici son cadavre, m'accusant de l'avoir tuée ! Il a juré vengeance sur le corps de cette catin et depuis, il n'a cessé de nous harceler. Au début, bien sûr, il était trop jeune pour nous nuire vraiment. Mais plus il vieillit, plus il devient habile, le bougre et c'est un excellent archer. Enfin, un jour ou l'autre, moi ou Drogon, on l'attrapera et alors…

Le sourire de Broérec en disait long sur ses intentions à l'égard du jeune Hoël.

– Je vois, dit Galeran tout en observant le visage de Jestin qui s'était assombri pendant le récit de son père.

Apparemment, le cadet ne partageait pas la haine de son père et de son frère pour Hoël. Il restait silencieux, ses mains fines crispées sur ses genoux.

Broérec fixait le brasero, sans mot dire. Le chevalier demanda soudain :

– Et ta femme, Broérec ? Tu as préféré l'éloigner à cause de tes démêlés avec les paysans ? Tu m'en as tant parlé quand nous étions à Vitré, demanda Galeran.

– Ma femme est morte il y a longtemps, murmura le géant blond.

Pour la première fois peut-être, depuis qu'il le connaissait, Galeran sentit une réelle douleur dans la voix de son ancien frère d'armes.

Il se rappela les récits enflammés de Broérec vantant la beauté de sa compagne. Il en avait fait rêver des chevaliers avec la description des charmes les plus intimes de cette walkyrie d'origine germanique !

Grande comme une déesse, blonde comme les blés et si pâle que la lune en paraissait sombre. Elle avait séduit Broérec et il se serait damné pour son froid regard vert.

Il l'avait aimée d'une passion si brûlante qu'il avait plus d'une fois quitté Vitré, au risque de se faire accuser de trahison, pour l'aller rejoindre jusqu'en son château où la belle l'accueillait en sa couche.

– Pardonne-moi, dit Galeran, je ne savais pas cela.

– Ce n'est rien, répondit Broérec d'un ton bourru. Elle m'a donné deux beaux fils bien vivants et Jestin lui ressemble beaucoup… C'est sans doute pour cela que je le préfère à son frère, malgré qu'il n'en ait pas l'ardeur. Il a ses yeux à elle…

Jestin s'agitait sur son siège, puis se leva vivement :

– Puis-je me retirer, père ? Il faut que je parle au forgeron. J'ai cassé une pointe de flèche ce matin et il doit avoir fini de réparer votre hache.

– Va fils.

– Si tu n'y vois pas d'inconvénient, Broérec, je vais descendre avec Jestin. J'ai besoin de me dégourdir les jambes et de réfléchir à tout cela.

Broérec ne broncha pas et les deux hommes sortirent, laissant le géant immobile, les yeux clos, les poings serrés, perdu dans de sombres pensées où peut-être revenait le pâle visage de sa dame perdue.

Arrivés dans la cour, comme Jestin gardait le silence, le chevalier s'adressa à lui :

– Que pensez-vous de tout cela, Jestin ?

Le jeune Breton tourna la tête vers Galeran et lui dit d'une voix que l'émotion rendait rauque :

– Ce que j'en pense, c'est que je n'aime pas ce qui se passe ici, messire. Il est bon que vous soyez venu apporter votre aide à notre père. Il y a déjà eu trop de morts.

– Jestin, j'aimerais si vous le vouliez bien, que vous m'éclairiez un peu. Votre père m'a dit qu'il y a déjà eu cinq ou six enfants trouvés morts. Les avez-vous vus ?

Le jeune homme avait baissé la tête.

– Oui, j'en ai vu quelques-uns. Mais ce que mon père ne vous a pas dit... Il ne le sait peut-être pas, d'ailleurs ! C'est qu'il y a eu, en plus de ces morts, de nombreuses disparitions dans la région.

– Des disparitions ?

– En tout, cela fait une vingtaine d'enfants, à peu près tous du même âge, qui n'ont pas reparu et se sont envolés comme fumée. Les plus vieux avaient une quinzaine d'années. C'est un moine de Braspartz qui m'en a parlé. Ce n'est donc pas seulement ici au Huelgoat...

Sous le coup de l'émotion, la voix de Jestin devenait de plus en plus aiguë. S'en rendant compte, il se tut brusquement.

Galeran lui posa la main sur l'épaule et s'aperçut qu'il tremblait :

– Nous trouverons de quoi il s'agit, Jestin, mais j'ai besoin d'un allié. Voulez-vous être celui-là ?

Le jeune Jestin hocha la tête. Après un long silence, il dit brusquement :

– Méfiez-vous de Drogon, chevalier. C'est quelqu'un de dangereux.

Sur ces paroles énigmatiques, il tourna les talons et s'en fut, plantant là le chevalier.

Galeran perplexe, regarda autour de lui et se dirigea vers les écuries. L'abri des chevaux était désert, et dans les râteliers, il n'y avait presque plus de foin pour les bêtes. Un hennissement sonore salua son arrivée. Quolibet avait reconnu son maître. Galeran prit une fourche et déposa une grande brassée de foin devant lui.

– Tiens, mon ami. Et tu es encore blanc de sueur, dit-il en passant la main sur l'encolure du hongre. Je vais te bouchonner un peu. L'auberge n'a l'air bonne ni pour toi ni pour moi, on dirait !

Soudain un craquement fit se retourner le chevalier, mais il ne vit personne dans la pénombre de l'écurie où seuls les yeux des chevaux brillaient, reflétant la flamme de sa torche.

Comme si de rien n'était, Galeran finit de lisser la robe humide de son destrier. Quand il eut achevé sa tâche, un pas sonore retentit et le battant de la porte fut violemment poussé.

– Mon père m'envoie vous quérir. Le repas vous attend, messire !

L'invitation se voulait courtoise, pourtant on sentait que Drogon n'était pas habitué à ce genre de civilités. L'homme semblait encore en colère et n'avait apparemment pas oublié sa dispute d'avec Jestin.

– Je vous remercie, Drogon, dit le chevalier. Dites à votre père que je vais le rejoindre.

7

On avait remis de la tourbe et de la brande de bruyères dans le brasero. Les fines branchettes s'enflammaient en crépitant, envoyant des gerbes d'étincelles. Des écuelles et de grands hanaps avaient été disposés sur la longue table de chêne. Toutes les torches étaient allumées, repoussant les ombres de la grande salle.

Broérec était déjà attablé et fit signe à Galeran de venir s'asseoir en face de lui sur un escabeau. Il y en avait une bonne douzaine autour de la table mais tous étaient vides et le chevalier comprit soudain dans quelle solitude volontaire s'était enfermé son hôte.

Il s'installa en face de son ancien compagnon d'armes. Drogon vint s'asseoir lourdement à sa droite. Quant à Jestin, il se glissa silencieusement en bout de table et demeura là, immobile, comme s'il était à mille lieues, perdu dans ses pensées.

– Paix à toi, Galeran, viens te restaurer, dit Broérec en versant dans les hanaps un liquide jaunâtre, épais, ressemblant à une mauvaise urine.

– Ça, c'est pour les hommes ! dit-il en avalant le sien d'un coup.

– Tu ne bois pas de vin ? demanda Galeran.

– Non, mais si tu en veux, on va en mettre en perce. En attendant, goûte-moi ce breuvage !

– Qu'est-ce que c'est ? De la cervoise ?

– Non, c'est la boisson des oiseaux de nuit ! C'est une eau-de-vie que le vieux de la cuisine fabrique avec des pommes aigres. Allez bois… il y met aussi de l'absinthe, c'est meilleur…

– De l'absinthe !

– Et alors ?

– Alors, c'est une plante qui fait perdre l'esprit… Enfin, je goûte !

Le chevalier but une gorgée, la garda en bouche un instant puis l'avala d'un coup tant la brûlure sur la langue lui parut insupportable.

– Eh bien, je ne dois pas être un homme ! s'exclama-t-il les yeux embués.

Broérec se tordait de rire, il se saisit du hanap de Galeran et le vida d'un trait :

– Ah, mon ami, je crois que je ne savais plus ce que c'était que de rire ! Tiens, voilà ton vin clairet qui arrive, il vient des coteaux de Loire.

Le chevalier s'empara de la coupe que lui tendait un vieux serviteur qui lui dit se nommer Cléophas. Le vin était frais, un peu aigre, mais lui parut délicieux.

Le vieux apporta ensuite les plats avec l'aide d'un gamin malpropre qui répondait au nom de Titik. Il n'y avait que du gibier rôti, ruisselant de graisse rance et une sorte de brouet mal cuit où chacun trempait sa viande.

Drogon s'était saisi d'un cuissot de chevreuil qu'il déchiquetait à belles dents. La graisse et le sang noir dégoulinaient le long de sa barbe jusque sur son bliaud.

Jestin prit une galette de sarrasin et des oignons entre ses longs doigts et se mit à manger lentement, sans faire de bruit. Cléophas avait posé devant lui un cruchon empli d'eau.

Au cours du repas, Galeran se rendit compte que son hôte mangeait peu, mais buvait en revanche plus que de raison. Lui-même se sentait l'estomac noué devant ces plats aux senteurs fétides.

Broérec s'en aperçut et grogna :

– Ça, faut dire que le vieux Cléophas est moins bon cuisinier que sa femme, mais celle-là, tu ne la verras pas au château. Elle vit près du hameau. Ici, tu ne rencontreras aucune représentante de cette maléfique engeance, ces malcuidantes comme on dit, filles d'Ève qui n'apportent que malédiction. Une vie sans femme, mon compagnon, c'est le retour au Paradis !

– Par le bon sang ! fit Galeran, te voilà bien changé !

– Allons ! Penses-tu vraiment que ce soit une grosse perte d'être privé de la présence des femelles ? Est-ce qu'on n'y gagne pas au contraire ? Je connais mille exemples d'amitiés entre hommes, peux-tu me citer deux femmes véritablement amies ?

– Je t'accorde assez volontiers ce point, dit le chevalier en riant, nos dames sont souvent vaniteuses. Ce qu'elles veulent ce n'est pas tant être aimées que préférées aux autres. Elles ne veulent pas être belles mais la plus belle ! Pourtant, dans notre genre, nous leur ressemblons, puisque nous ne voulons pas seulement être forts mais le plus fort. Chacun veut vaincre avec les armes qu'il a et est-ce bien une raison pour haïr les femmes, toi qui a tant chéri la tienne ?

Broérec sembla se recueillir, puis dit sombrement :

– J'aurais volontiers tué celui qui, il y a peu, aurait seulement prononcé son nom, mais de toi, je veux bien tout entendre ! C'est vrai qu'à elle seule, elle était toutes les femmes et que je suis ainsi fait qu'après elle, je n'en ai plus voulu aucune autre chez moi. En vérité, je l'ai aimée une fois pour toutes.

Il s'était levé et faisait les cent pas dans la grande salle. Enfin, il se planta devant Galeran :

– Par ma barbe, si j'avais donné naissance à une femelle, je n'aurais pas répondu de sa vie !

Le chevalier regardait son hôte et n'écoutait plus. Il se rendait compte que son discours était à double sens, de quoi parlait-il ? D'amour ? Ou d'une haine inexpiable qu'il aurait reportée sur toute la gent féminine ?

– Bon, laissons ça, dit brusquement le géant. Peux-tu maintenant me dire comment est morte la gosse que je t'ai montrée ? Non, n'est-ce pas ? Tu n'y comprends rien, toi non plus, malgré ta réputation de clairvoyance.

Galeran leva la tête et toisant le seigneur de Huelgoat de son regard bleu, lui sourit.

– Eh bien, réponds ! insista le géant.

– Non, Broérec, en effet, tu as raison, je ne sais pas grand-chose, je viens d'arriver, mais…

– Mais quoi ? s'exclama impatiemment Broérec.

– J'ai quand même ma petite idée sur la cause de la mort de cette malheureuse. Veux-tu bien demander aux serviteurs de nous laisser seuls ?

Broérec fronça les sourcils et fit un signe à Cléophas et au gamin. Puis il alla repousser la trappe d'un coup de pied et vint se rasseoir face au chevalier.

– Bon, maintenant que nous sommes entre nous, que veux-tu dire ?

– Je veux dire que cette enfant a été retenue prisonnière et, je suis prêt à parier qu'elle avait disparu de Lannédern depuis un certain temps. Elle portait des marques de liens aux poignets et aux chevilles. Son geôlier l'a fouettée, comme tu as pu le voir, mais ce n'est pas cela qui a causé sa mort…

Le chevalier marqua un temps, son regard pénétrant braqué sur ses hôtes. Personne ne disait mot, les trois hommes étaient suspendus à ses lèvres.

– On a durement fait travailler cette gamine et ce ne devait pas être à la taverne, ses mains étaient griffées, pleines de terre, ses ongles cassés, l'état de ses genoux m'a intéressé. On dirait que la petite, pendant longtemps, ne s'était plus déplacée qu'à quatre pattes, ce qui est pour le moins étrange. Enfin, je pense, et je ne crois pas me tromper, en te disant que c'est un poison qui a causé sa mort. Ce qui expliquerait les vomissures et d'autres signes encore…

Bouche bée, Broérec avait violemment reposé son morceau de viande sur la table. Même Drogon s'arrêtant de mâcher, écarquillait les yeux. Quant à Jestin, il avait levé la tête et fixait Galeran de son regard pâle. Un long silence plana dans la salle. Essuyant ses mains sur son bliaud, Broérec se leva et se remit à marcher comme un ours de long en large, en maugréant des paroles incompréhensibles.

Galeran le regardait faire, un demi-sourire au coin des lèvres.

– Bon, tu m'as possédé, une fois de plus, grogna Broérec. Tu es toujours aussi malin, peut-être plus que quand je t'ai connu. Fort bien, cela me convient, à nous deux, nous trouverons qui a fait ça et je ne serai pas un ingrat.

– Je ne te demande rien, dit Galeran, si ce n'est d'être délié de ma promesse envers toi.

– Nous serons quittes, je t'en fais le serment devant mes fils. Et… laissez-nous, les hommes, j'ai besoin d'être seul avec mon ami, dit Broérec en se tournant vers Drogon et Jestin, qui sortirent aussitôt après les avoir brièvement salués.

– Bon, écoute, nous allons devoir rester ensemble un certain temps, alors parlons franc, je sais que tu ne m'aimes pas depuis l'histoire de cette fille gaste à Vitré.

Galeran serra les mâchoires, le visage soudain très pâle, mais ne dit rien.

– Je ne veux pas craindre un mauvais coup de ta part, s'exclama le géant. Tu es homme d'honneur mais je me souviens de ta vivacité. Je veux t'expliquer ce qui s'est passé…

– Il n'y a rien à expliquer, le coupa sèchement Galeran en se levant. Et puis, dix ans ont passé Broérec. C'est vrai que je ne t'aime guère, mais qu'importe. Tu m'as sauvé la vie une fois, je te paye ma dette et je m'en vais, pour ne jamais plus te revoir, c'est ainsi.

La voix du chevalier était dénuée d'intonation. Broérec qui ne semblait pas l'avoir entendu, poursuivit :

– Écoute. Ce n'est pas moi qui l'ai tuée. Quand tu l'as faite prisonnière, il t'en souvient, malgré qu'elle soit de bonne famille, le prévôt l'a fait jeter à la fosse, en attendant son jugement. Tu as eu beau faire pour la sortir de là… D'aucuns l'avaient soi-disant reconnue et l'accusaient d'être la maîtresse de Robert de Vitré. Elle a donc été condamnée pour trahison envers le duc de Cornouailles… Mais la vérité, c'est qu'elle était trop belle ! Et que ce meurtre qui nous sépare, n'est pas de mon fait. Après notre duel et ton départ pour Lesneven, j'ai trouvé les coupables et les ai pendus haut et court de ma propre main !

Le chevalier s'était approché du brasero. Il sentait la colère monter à nouveau en lui. Il se frotta les mains au-dessus du feu. Il lui semblait entendre le martèlement de son sang dans ses tempes.

– J'avais trop bu, c'est vrai, continuait Broérec comme s'il voulait à tout prix se confesser. Mais elle était vivante quand je l'ai quittée et, sur ma foi, encore pucelle. Je voulais demander sa grâce et l'obliger ainsi à devenir ma maîtresse, car elle me plaisait tout autant qu'à toi. Mais je ne la voulais pas posséder dans ce cachot puant, infesté de rats. Seulement, ce soir-là, après mon départ, plusieurs gars sont allés dans le cul-de-basse-fosse. Pendant qu'ils la forçaient, elle a dû réussir à dérober le poignard de l'un deux. Quand tu l'as trouvée le lendemain matin, les vêtements déchirés, une lame plantée dans le sein…

– Il suffit, Broérec, dit le chevalier d'une voix que la colère rendait glaciale.

Broérec hésita puis se tut. Le conflit était rouvert, ce conflit qui, dix ans plus tôt, les avait jetés l'un contre l'autre, l'épée à la main, laissant au front de Galeran une marque indélébile, celle de la lame courbe du cimeterre de Broérec.

– Écoute, grogna Broérec, puisque tu n'as pas oublié le soir où je t'ai sauvé la vie, faisons la paix jusqu'à ce que tu aies élucidé ces morts. Si tu veux te battre ensuite, sache que je ne te crains pas.

Il ouvrit la porte du réduit qui allait servir de chambre au chevalier et lui désigna le lit de camp, sorte de cadre de bois tendu par une grosse toile.

– Attends, je vais te donner quelque chose.

Il s'en retourna à son lit clos et revint, une épaisse fourrure à la main.

– Tiens prends ça, tu en auras besoin. La nuit, cette tour est froide comme une tombe.

Broérec fit demi-tour négligeant de refermer la porte de la chambre. Galeran jeta la fourrure sur la litière.

Un sifflement caractéristique résonna aux oreilles de Broérec, le coutel du chevalier se planta en vibrant dans le bois sculpté du lit clos.

Broérec se jeta de côté.

– Sache Broérec, dit-il calmement, que si, encore aujourd'hui, je te pensais coupable de cette ignominie, l'un de nous deux serait déjà mort. Mais j'ai appris ce que tu avais fait après mon départ pour Lesneven cette année-là. J'ai compris que tu étais innocent. Quant à ce qui nous lie, je ferai tout ce qui est en mon pouvoir pour que cela soit délié. Dors en paix, je n'ai jamais, Dieu m'en est témoin, tué un homme qui me tournait le dos.

Le chevalier regardait le géant blond d'une façon qui le fit réfléchir car il n'insista pas. Il retira avec difficulté la lame enfoncée dans le bois de son lit et la posa lentement sur la table.

Tout en maugréant, Broérec jeta ses bottes sur le sol, puis il se glissa tout habillé dans son lit et referma brutalement les battants de bois derrière lui.

Un faible sourire étira les lèvres minces du chevalier qui alla récupérer son coutel et s'en retourna vers son cagibi dont il ferma lentement la porte.

Très las, soudain, il se mit à frissonner, il faisait un froid glacial dans le réduit.

Il ne se déshabilla pas non plus et se coucha tout habillé sous l'épaisse fourrure, ses armes à portée de la main.

Malgré lui, il restait sur le qui-vive et n'arrivait pas à trouver le sommeil. En une seule journée, le contraste avait été trop brutal et il était passé, sans coup férir, du bonheur tranquille de la maison paternelle, gouvernée par un seigneur plein de sagesse et d'équité, à cet antre infernal où régnaient la folie et le désespoir d'un homme redoutable.

La colère et la pitié se disputaient le cœur du chevalier, tandis qu'une foule d'images se succédaient derrière ses paupières closes : le vieillard pendu et l'autre tournant sa meule comme une bête de somme, Hoël le bâtard surgissant des taillis pour proclamer sa haine et son droit et le visage livide, le corps martyrisé d'une enfant innocente dont la mort criait vengeance…

Des ordres brefs et des piétinements signalèrent la relève des sentinelles. C'est un peu après la minuit, alors qu'il commençait à s'assoupir que l'attention du chevalier fut attirée par le hennissement d'un cheval.

Inquiet pour Quolibet, il se leva d'un bond et alla pousser le volet de sa meurtrière. Bien qu'habitué à guetter dans l'obscurité, tout d'abord il ne vit rien. Enfin, il distingua les silhouettes de deux chevaux sellés. Sur l'un d'eux, un homme de forte corpulence était en train de se hisser. Il reconnut Broérec, l'autre semblait être le sinistre Thustan. Tous deux disparurent par la porte charretière.

Galeran referma le volet et alla se recoucher. Son mal être ne s'était pas dissipé et tandis qu'il s'endormait pour de bon, cette fois, une phrase lui revenait sans cesse à l'esprit : « La boisson des oiseaux de nuit !… La boisson des oiseaux de nuit ! La boisson des… »

Deuxième partie

« Kentoc'h mervel eget mastared. »
Plutôt la mort qu'une souillure.

Devise bretonne

8

Les gens du pays n'aimaient pas à s'aventurer dans cette partie du Bois-Haut, encore habitée, disaient-ils, par les « belles dames ».

Sans doute parce que ici, tout semblait plus lumineux qu'ailleurs, de la cime des arbres jusqu'au sol couvert de mousse claire. D'irréelles colonnes de lumière, rais de lune ou de soleil, perçaient les frondaisons, se plantant dans l'herbe pour y dessiner des cercles scintillants. Même l'automne mettait plus de temps qu'ailleurs à jaunir les feuilles. Des blocs de granit recouverts de lichens jaillissaient d'entre les résineux. Des fougères, vertes comme de jeunes amandes, déferlaient en vagues serrées le long des troncs humides de sève.

Elle avançait sans bruit, effleurant à peine le sol de ses pieds nus. Au-dessus d'elle, des rafales de vent provoquaient un bruit de houle dans les sapins.

Vêtue de braies sombres et d'une chainse blanche nouée à la taille par une cordelette de lin, la jeune fille avait la grâce souple d'un faon.

Ajustant la lourde gibecière et l'arc qu'elle portait à l'épaule, elle commença à escalader un éboulis rocheux. Arrivée au sommet, elle se dirigea vers la falaise abrupte qui le couronnait. Un sourd grondement faisait vibrer le sol autour d'elle.

Sans y prêter la moindre attention, elle s'allongea par terre, soulevant les branches basses d'un frêne qui poussait à même la roche, et disparut par une fente étroite.

Après avoir rampé pendant quelque temps dans ce tunnel raviné par les eaux de pluie, elle déboucha au bord d'un petit lac protégé du monde par de hautes parois de granit. Depuis le temps qu'elle venait se réfugier là, elle n'avait jamais trouvé d'autre issue pour y accéder.

Le jeune homme qui la suivait sans bruit depuis qu'elle s'était aventurée dans les bois ce matin-là, se coucha sur le sol et attendit sans bouger. Voyant qu'elle ne ressortait pas, il s'approcha lentement de l'endroit où elle avait disparu et découvrant le passage, se laissa glisser dedans sans hésitation.

Il resta stupéfait par le spectacle qui s'offrit à ses yeux à la sortie de l'étroit tunnel.

Enchâssé comme une émeraude dans son écrin de granit, le lac était transpercé en son milieu par la flèche blanche d'une cascade. Non loin de là, une étroite plage de galets descendait en pente douce vers l'eau. Des fougères s'agrippaient aux parois. On entendait sauter des poissons et de grandes libellules frôlaient la surface de leurs ailes diaphanes.

Dans ce lieu, isolé du monde des hommes, la

fille semblait chez elle. Le jeune géant blond la vit se diriger vers une petite grotte creusée à même la falaise.

Il se mit à ramper silencieusement le long d'une arête rocheuse et se cacha dans une anfractuosité non loin de l'entrée de la caverne.

Le sol de la grotte était recouvert d'un sable blanc et doux. Tout au fond, une vieille couverture était pliée sur une litière de paille et d'herbes sèches.

Une grande pierre plate servait de table et un rondin, de siège. C'était la cachette de la jeune fille, presque sa maison.

Elle déposa sa gibecière sur la table de pierre. Et, malgré la fraîcheur de l'air, se déshabilla, jetant ses braies et sa chainse sur sa couche. Elle dénoua les bandelettes qui lui maintenaient la poitrine, et se massa longuement les seins.

Complètement nue maintenant, elle ébouriffa ses cheveux courts d'un geste qui lui était familier et s'étira avec volupté. Ici, au moins, elle se sentait libre.

Elle sortit de la grotte en faisant voler le sable de ses petits pieds nus et, en quelques longues enjambées, gagna la plage de galets. Après un bref regard autour d'elle, elle entra dans l'eau glacée en poussant de petits cris perçants, le corps durci par le froid. Puis, d'un seul coup, elle plongea et se mit à nager vers la cascade.

Stupéfait, le jeune homme ne la quittait pas des yeux, épiant la svelte silhouette qui dérivait sous la surface du lac. L'eau en était si claire qu'on en voyait le fond, recouvert de sable blanc. Des truites frôlaient les berges, glissant comme des éclairs d'argent autour du corps de la nageuse.

Elle émergea près de la cataracte et se dressa, laissant le puissant jet heurter ses reins et sa croupe.

Un long moment passa avant que la jeune fille, le cœur battant, ressorte de l'eau et ne se précipite dans la grotte pour se frictionner vigoureusement avec une pièce de toile.

Après s'être rhabillée, elle alla au fond de sa caverne et, écartant des branchages qui recouvraient le sol, mit à jour une fosse dont elle sortit un sac de tissu.

S'asseyant sur sa litière, elle renversa pêle-mêle sur sa couverture, des deniers, un petit miroir en étain poli et une chaîne au bout de laquelle pendait une jolie bulle en argent ouvragé.

Prenant le petit miroir, elle l'essuya du revers de sa manche et se regarda longuement, passant sa main dans ses cheveux courts, mordant ses lèvres pour les rendre plus rouges que des cerises.

Puis, caressant le bijou percé de petites ouvertures, elle l'ouvrit. Une longue mèche de cheveux blonds en tomba et se déroula sur le sol. Elle la ramassa avec délicatesse et la baisa longuement, les yeux mi-clos. Enfin, elle rangea ses trésors dans le sac et remit le tout dans la fosse qu'elle recouvrit soigneusement de feuilles mortes.

Elle semblait presque gaie, maintenant.

Ouvrant sa gibecière, elle en sortit un linge blanc qu'elle étala sur la table de pierre. Elle disposa un gobelet en étain qu'elle alla remplir d'eau du lac, une miche de pain et trois coutels. Puis, regardant d'un air satisfait ces préparatifs, elle posa avec gravité un denier à côté du morceau de pain.

D'une voix, rendue rauque par l'émotion, elle prononça lentement :

– Honneur à vous, belles dames. Protégez-moi contre toute haine. Donnez-moi la force et la sagesse. Du vin, la prochaine fois, je vous offrirai pour mieux vous honorer.

Ainsi les fées lui accorderaient aide et soutien pour les épreuves à venir.

C'est le moment que choisit le jeune homme pour entrer, son ombre s'allongeant démesurément sur le sable clair de la grotte.

La jeune fille sursauta, les yeux agrandis par la frayeur. Puis le reconnaissant, elle serra les poings et se rapprocha de la table.

– N'aie pas peur. Je ne te veux aucun mal, dit le jeune géant d'une voix sourde.

– N'avance pas, ou par ma foi, tu es mort, cria la fille qui s'était saisie d'un des coutels.

– Tu sais qui je suis. Nous avons joué ensemble étant enfants… rappelle-toi.

– Comment m'as-tu trouvée ? dit la jeune fille sèchement.

– Je t'ai vue sortir avant l'aube, comme cela t'arrive souvent, d'ailleurs. Cela m'a intrigué et cette fois, je t'ai suivie.

Il marqua un temps, détaillant son visage et sa silhouette fine avec attention :

– Je ne m'attendais pas à ça, vraiment pas. Tu es très forte, tu caches bien ton jeu. J'aurais dû le deviner. J'ai dû être aveugle pendant toutes ces années !

– Alors continue à l'être et sors d'ici ! répondit la jeune fille avec fougue, une lueur sauvage dans son regard pâle.

Sans paraître l'entendre, le jeune homme poursuivit, tout en regardant autour de lui :

– Et ce lac, beau comme le Paradis. Cette grotte qui te sert de refuge… et toi !

– Tu m'entends, sors d'ici ! gronda la jeune fille.

– Tu oublies donc qui je suis ? gronda-t-il. Nous avons noué des liens, sais-tu bien.

– Jamais, laisse-moi, et si tu m'en crois, oublie-moi et oublie cet endroit.

– Non, répondit calmement le jeune homme, sans paraître voir l'arme qu'elle brandissait devant lui.

D'un bond, il fut sur elle et lui saisissant la main, la tordit, lui ouvrant lentement les doigts un à un, l'obligeant à lâcher le coutel qui se planta dans le sable en tombant.

Elle hurla et lui mordit cruellement la main.

Mais il la souleva comme il aurait fait d'une enfant et se dirigea vers le fond de la caverne.

– Lâche-moi, ordonna la jeune fille. Je te ferai payer tout ça.

– Non, je ne te lâcherai pas avant que tu ne sois calmée.

Le jeune géant la jeta presque sur la litière et la maintenant d'une seule main, lui dit :

– Maintenant, c'est toi qui vas m'écouter ! Tu n'es rien de plus que moi, le père Gwen m'a appris les Saintes Écritures. Il y est dit que nous sommes tous égaux devant Dieu ! L'as-tu oublié toi qui ne sais que commander. Tu n'étais pas ainsi étant enfant.

Sa voix avait changé, la colère y grondait.

Le sentant, elle s'immobilisa aussitôt, la respiration haletante. Elle attendait.

– Quel est ton vrai nom ? dit-il.

La jeune fille serra les lèvres.

– Dis-le-moi, insista le jeune géant, il ne sert à rien de le cacher maintenant.

– Ninian, lâcha-t-elle.

9

Le brasero était éteint depuis longtemps et les premiers rayons du soleil filtraient par la fente étroite de la meurtrière.

Galeran, qui avait fini par s'endormir au petit matin, rejeta l'épaisse fourrure au pied du lit de camp et enfila ses bottes. Un mal de tête persistant, souvenir du petit vin de Loire ou de la boisson des oiseaux de nuit, lui broyait les tempes.

Le clair appel d'un cor retentit par trois fois. On s'agitait au-dessus, dans le dortoir des hommes d'armes. Le chevalier mit sa broigne et son bliaud, glissa le bol dans son aumônière et sortit de sa chambre. Un ronflement puissant s'échappait du lit clos de Broérec. Galeran sourit « Tiens, l'oiseau de nuit est rentré au bercail ! » Il traversa la pièce à pas de loup et se laissa glisser par l'échelle jusqu'à la salle basse.

Cléophas, le visage en sueur, ses quelques cheveux gris maintenus par un linge malpropre, s'activait déjà devant ses fourneaux, faisant cuire d'épaisses galettes de sarrasin.

Galeran eut un haut-le-cœur en sentant l'odeur familière de graisse rance qui empestait la pièce.

Un valet d'armes somnolait encore, sa paillasse posée à même la trappe qui menait à la cave. La bouche ouverte, il gémissait dans son sommeil, un filet de bave coulant lentement le long de sa joue.

Le gamin dépenaillé, qui servait d'aide à Cléophas, s'étira en bâillant. Il avait dormi enroulé dans une vieille toile, au sommet du tas de foin.

Le cadavre du sanglier de la veille, était suspendu par un crochet à une haute poutre. Il oscillait doucement et ses plaies sanguinolentes étaient couvertes d'une nuée de mouches vertes. Un des chiens de Drogon se tenait assis au pied de la bête, le museau levé. Il gronda sourdement à l'entrée du chevalier puis reprit sa faction, immobile comme une statue.

Saluant le vieux d'un ton cordial, Galeran s'approcha du foyer et remplit son bol de cendres tièdes. Le Cléophas se retourna, surpris qu'on lui adresse la parole autrement que pour l'injurier.

Il entrouvrit sa bouche édentée esquissant un étrange et timide rictus. Il se taisait depuis si longtemps qu'il en avait presque oublié son patois.

Et pourtant, s'il avait retrouvé sa langue, il en savait des choses le vieux Cléophas…

Galeran sortit dans la cour, étirant ses membres engourdis. Il avait le cou rompu et les muscles endoloris par sa mauvaise nuit. Malgré quelques nuages, la journée s'annonçait belle. Le chevalier se sentit mieux, son mal de tête s'en allait. L'air était vif et des corneilles tournoyaient lentement au-dessus du donjon. Après avoir passé la première enceinte, il descendit par les passerelles jusqu'à la basse-cour, en chantonnant une ancienne ballade de son pays.

On entendait du bruit du côté des écuries, des valets et des gens d'armes s'affairaient autour d'une dizaine de chevaux qui piétinaient dans la cour.

Arrivé près de la citerne, Galeran déposa son écuelle sur une pierre plate. Basculant le lourd couvercle de bois, il tira un seau empli d'eau glacée. Gardant juste ses braies et ses chausses, il se mit torse nu et se frotta vigoureusement la peau avec les cendres tièdes.

Quand il eut fini, il se pencha en avant pour se laver le visage avant de faire ruisseler l'eau glacée sur son torse. Après s'être essuyé vigoureusement avec sa chainse, il remit ses vêtements. Aiguisant son coutel sur une pierre, il commença à se raser lentement.

Un rire sonore le fit se retourner. Broérec, la chainse en désordre et le poil hirsute, était derrière lui :

– Ah çà, tu n'as pas changé ! Tu dois être le seul de tout le camp à te laver et à te raser le poil. À la belle saison, passe encore, mais en ce moment…

Ignorant le sarcasme, Galeran lui sourit tout en achevant de se raser.

Le géant le considéra d'un air méfiant.

– Tu as bien dormi, j'espère ? demanda-t-il au bout d'un moment. Tu n'as pas été dérangé, dis-moi ?

– J'ai dormi des deux yeux, mentit le chevalier. Au fait, quand partons-nous pour Lannédern ?

– Comme tu as pu le voir, j'ai donné ordre que les chevaux soient prêts au petit matin. Nous partirons après avoir mangé quelques galettes et bu un peu d'hydromel !

– Oui-da. Mais je n'ai pas grand faim. Ton vieux prépare les galettes, et à en croire l'odeur qui monte de sa cuisine, la graisse qu'il utilise remonte à la croisade ! ajouta le chevalier. On mange plus mal avec ton Cléophas qu'avec les cuistots de Vitré !

– Tu as raison, mais j'en ai essayé d'autres qui étaient pires, alors tu sais…

Une fois leur déjeuner avalé, les hommes se mirent en selle et la petite troupe menée par Thustan et Drogon, traversa la basse-cour du château.

10

Le pont-levis baissé, les grands chiens noirs partirent comme des flèches, heureux de se dégourdir les pattes en dehors de l'enceinte. Précédés de dix hommes d'armes armés de courtes javelines, Galeran et Broérec chevauchaient côte à côte.

À l'arrière, la bride tenue par un valet d'armes, un cheval de bât suivait le convoi, portant son sinistre fardeau, maintenu en travers de la selle par une robuste corde. Les chevaux hennissaient de plaisir, exhalant par leurs naseaux des volutes de vapeur blanche dans l'air frais du matin.

Néanmoins, le chevalier sentit que les hommes d'armes étaient sur la défensive. Ils allaient lentement, la javeline bien en main, regardant autour d'eux avec une certaine anxiété. Ils passèrent au pied d'un promontoire rocheux aux formes tourmentées et longèrent l'enceinte fortifiée.

Sur un signe de Drogon, Thustan le rejoignit et les deux hommes partirent en éclaireurs, précédés par les molosses. Apparemment, ces deux-là ne craignaient ni Dieu ni Diable !

La petite troupe pénétra sous le couvert des arbres. Puis elle emprunta une sente forestière qui serpentait au milieu des bruyères violettes et des genêts.

Broérec souffla à Galeran qu'on la nommait la sente du « Louarn », à cause de tous les renards qui nichaient alentour.

– J'allais souvent les chasser autrefois avec ma dame, ajouta le géant en jetant à Galeran un regard de côté et le chevalier lut le trouble dans ses yeux.

Au sortir de la basse futaie, les cavaliers débouchèrent aux portes du hameau de Huelgoat.

Galeran retrouva là l'extrême misère des petits villages bretons. Cinq longères de torchis avec leurs toits de roseaux et leurs portes barricadées, un maigre tas de fumier, des murets de tourbe et de bouse en train de sécher. C'était là le genre de territoire sur lequel régnait le seigneur Broérec.

Le hameau n'avait pas d'église, encore moins de cimetière. À la croisée des chemins, une dizaine de cairns que protégeait une croix de pierre servait de nécropole aux habitants ou à ceux que l'Ankou avait saisis là. L'endroit était désert et Galeran perplexe, s'aperçut qu'aucune fumée ne s'échappait des toits. Même les enclos à bétail étaient ouverts et hormis un vieux chien qui prit la fuite en aboyant, il n'y avait là nulle trace de vie.

– Père, on entre ? demanda Drogon en désignant d'un coup de tête la plus grande des masures.

– Non, laisse, on n'est pas là pour ça. Tu t'en occuperas plus tard.

– Que se passe-t-il ? demanda le chevalier.

– Depuis quelque temps, ces porcs de paysans refusent de payer le fermage et même de faire les corvées. J'ai décidé que Drogon me servirait d'intendant, et s'ils ne comprennent pas, ils feront connaissance avec ses molosses !

– Je vois, dit Galeran en hochant la tête. Mais quand tu étais à Vitré, tu n'avais pas d'intendant ?

– Pour sûr, répondit Broérec avec humeur, c'était Cléophas qui s'occupait du fief, lui et sa mijaurée de femme.

– Cléophas, le cuisinier ? demanda le chevalier avec étonnement.

– Lui-même ! Un beau pendard, celui-là !

– Il n'était pas honnête ?

– Ça pour être honnête, il l'était, et même beaucoup trop à mon avis. Il disait qu'il ne fallait pas presser les paysans si on voulait qu'ils rendent, pareil avec les serfs, ce qui est un comble ! Dis-moi, Galeran, crois-tu qu'à la guerre on peut attendre et qu'on n'est pas pressé de toutes parts ? Plus d'argent pour payer et plus de troupes ! Ces mécréants de mercenaires désertent et passent dans le camp d'en face pour faire bombance…

– Je sais, l'argent est le nerf de la guerre et on ne peut plus se passer d'en avoir, soupira le chevalier. C'est de plus en plus la règle avec ces hommes qui font métier de se battre et se moquent bien de savoir contre qui ou avec qui. Mais ne crois-tu pas aussi dangereux de t'en prendre à des paysans qui ont les moyens de défendre leurs parcelles et ne sont pas commodes, eux non plus ?

– C'est ce que prétendait Cléophas, dit le géant. Il écoutait leurs jérémiades. Tu connais le refrain : il fait froid, il fait chaud, la vache est morte, la femme malade… et pendant ce temps-là, je ne recevais plus un denier ! Crois-moi, Thustan et Drogon ont la méthode pour les faire cracher. Quant à Cléophas, il est bien là où il est, le nez dans sa mauvaise soupe !

– Et toi, Broérec, tu n'es plus vraiment le maître chez toi ! rétorqua le chevalier.

Le géant ne répondit pas et leva la main, faisant signe à ses hommes de mettre leurs montures au pas pour traverser le hameau. Mais rien ne se passa, comme si les habitants, prévenus de leur visite, s'étaient enfuis vers la forêt.

Un fois sortis de Huelgoat, la végétation se referma sur eux, plus dense encore. Il y avait des fougères partout. Aussi hautes qu'un homme, elles envahissaient la sente boueuse et bougeaient lentement frôlées par la brise.

Au milieu de cette pourrissante marée verte, on entendait détaler des animaux qu'il était impossible d'apercevoir.

Venu d'on ne sait où, le hurlement rauque et interminable d'un loup, se répercuta jusqu'au fin fond de la forêt.

Nerveux, les chevaux hennirent, tirant sur les mors. Les hommes étaient attentifs au moindre bruit.

– Les loups sont nombreux par ici ? demanda le chevalier à Broérec.

– Oui, on ne peut pas laisser le bétail sans surveillance surtout l'hiver. Nous allons devoir organiser une nouvelle battue avec les paysans pour les exterminer. Drogon m'a dit qu'il avait perdu un de ses hommes, l'hiver dernier, non loin du camp. Cet idiot s'était aventuré seul dans les rochers, il a eu la gorge et la moitié du visage emportés ! On pense que la Bête qui a fait ça doit être un loup de grande taille, mais on ne l'a jamais vu.

– Et ses chiens n'ont pas trouvé la piste ?

– Que oui, ils l'ont trouvée la piste, mais ce loup-là doit venir des Enfers, les dogues ont refusé d'aller plus loin. Ils se couchaient en gémissant malgré les coups de Drogon.

– Entre bêtes d'Enfer pourtant… murmura le chevalier.

– Eh toi, là-bas, resserre les rangs, hurla Broérec en piquant des deux vers un homme d'armes qui avait, sans y prendre garde, quitté la sente.

Galeran regarda autour de lui et porta d'instinct la main à son épée.

Il y eut un bruit de branches cassées sur sa droite et les taillis s'écartèrent brusquement, laissant passer un chevreuil poursuivi par un des mastiffs. Sifflé par Drogon, qui avait rejoint la tête de l'escorte, le dogue revint l'air penaud vers son maître.

Le chevalier se secoua, en colère contre lui-même, envahi par une inquiétude qu'il contrôlait décidément mal. L'atmosphère de cette forêt ne lui plaisait pas plus que celle du château de Broérec.

La petite troupe, guidée par Thustan, arriva enfin à la rivière Elez. Après avoir traversé les sombres tourbières du Yeûn, l'Elez frôlait Saint-Herbot avant de se perdre entre les roches vers l'Aulne et de rejoindre l'immense océan souterrain qui coule, disent les Anciens, sous l'Armorique.

La rivière Elez n'était pas très haute en cette période de l'année et les chiens, la truffe au ras de l'eau, allaient et venaient le long de la berge, cherchant le gué. Ils se jetèrent à l'eau, encouragés par leur maître qui poussa sa monture, bientôt suivi par les autres cavaliers.

Une fois le gué traversé, Broérec, retenant son cheval, fit signe à Galeran de le suivre et s'éloigna sur la droite.

On entendait un puissant grondement qui faisait vibrer le sol. Non loin de là, la rivière tombait en cascade dans un sombre ravin bordé de roches aux formes tourmentées.

– C'est la cascade du géant Gewr ! cria Broérec pour se faire entendre. On dit que ces pierres sont tout ce qui reste des œuvres du géant. Tailleur de pierres comme ses deux autres frères, il était si grand qu'il franchissait la cime des montagnes. À sa mort, les vieux disent qu'il a fallu le plier en neuf pour réussir à l'enterrer !

Galeran sourit. Comme tous les Bretons, il avait été bercé tout au long des veillées, par ce genre de récits. Tant il est vrai qu'en Bretagne, la brume est si dense que la tête s'emplit de songes.

Envahi par une mélancolie qui faisait partie de son tempérament, le chevalier se hâta de rattraper Broérec qui avait fait demi-tour.

– Qui est Herbot, une légende comme ton géant ? demanda-t-il.

– Que non, c'était un ermite qui vivait ici, un saint homme, d'après les vieux. Il était si proche du bétail qu'il n'aimait guère que sa compagnie.

Il avait deux bœufs blancs qui le suivaient partout et dont les fantômes errent encore, aux dires des Anciens, dans les monts d'Arez.

Sa maison est devenue une chapelle et il arrive que bœufs et génisses descendent seuls des montagnes pour y venir en pèlerinage. Les paysans d'ici le vénèrent et le considèrent comme le protecteur de leur bétail.

Les deux cavaliers rejoignirent rapidement la petite troupe qui les attendait à l'entrée de Saint-Herbot.

Le village était tapi dans un joli vallon planté de hêtres. Il abritait, hormis l'ancien logis du saint homme, un cimetière et une douzaine de maisons et de longères aux toits de roseaux.

L'endroit était calme, trop calme. Tout comme

à Huelgoat, les portes des maisons étaient closes, les volets fermés et aucune fumée ne signalait la présence des habitants. Pas de vieux sur les pas des portes, ni d'enfants en train de jouer dehors.

Étonné de ne rencontrer âme qui vive sur leur chemin, Galeran se tourna vers Broérec :

– Que se passe-t-il encore ? Où sont donc passés tous tes paysans ? Tu m'as pourtant dit qu'ils ne te craignaient plus assez.

– Ils se terrent comme des rats qu'ils sont. Ils ont peur de l'Ankou qui rôde, de moi, des loups, des enfants qui meurent... que sais-je, allons partons d'ici ! répondit Broérec, en talonnant furieusement son cheval et en faisant signe à l'escorte de prendre le galop.

11

En approchant, peu après, du village de Lannédern, Galeran remarqua des panaches de fumée noire qui montaient dans le ciel clair. Au moins ce village-là n'avait pas été abandonné par ses habitants.

La chapelle occupait le centre d'un vaste enclos ceint d'un mur de pierres. Les villageois y vivaient apparemment sous la protection de Dieu puisque leurs maisons étaient construites à l'intérieur de l'enclos consacré. Le mur d'enceinte, plus haut que de coutume, possédait une robuste porte de chêne que l'on fermait à la nuit tombée.

Comme dans la plupart des enclos bretons, le cimetière, couvert d'herbes rousses et de pierres plates, était de petite taille. La coutume voulant, en effet, que les morts soient déterrés au fur et à mesure pour laisser la place aux nouveaux arrivants. Les ossements étaient ensuite placés dans l'ossuaire, creusé le long du mur d'enceinte.

Les cavaliers empruntèrent l'allée qui menait vers l'enclos.

En y regardant bien, Galeran s'aperçut que ce qu'il avait pris, de prime abord, pour des longères à l'extérieur de l'enclos étaient, en fait, une grange, des étables, une porcherie et sans doute, la fameuse auberge de Lannédern. La tolérance de l'église n'allant pas jusqu'à admettre ce lieu de perdition sur ses propres terres.

Non loin de l'enceinte, des enfants jouaient près d'une mare boueuse où s'ébattaient des canards. Une vieille, assise sur un escabeau, faisait de la vannerie, jetant, de temps à autre, un coup d'œil distrait vers la marmaille. Des poules picoraient du grain à ses pieds. Un jeune homme, ses pieds nus couverts de fange, sortait des génisses d'une étable pour les mener paître. Il s'arrêta net en voyant arriver les cavaliers et recula précipitamment vers l'intérieur de l'étable.

Prévenus sans doute par quelque guetteur, les villageois se massaient à l'entrée de l'enclos, barrant la route aux cavaliers.

Sans compter les vieux, Lannédern devait compter tout au plus, une vingtaine d'hommes et à peu près autant de femmes.

Galeran remarqua qu'un peu à l'écart des villageois et de leurs enfants, se tenait un groupe de gamins, autour d'un adolescent, vêtu comme un berger.

Se détachant des paysans, deux hommes vinrent à la rencontre des arrivants. Le premier était un maigre vieillard à la chevelure blanche dont les longues enjambées faisaient voler la chasuble d'homme d'église, probablement le recteur du village.

Derrière lui, se tenait la silhouette trapue d'un moine, la capuche baissée. Son froc noir comme celui des clunisiens, lui descendait aux chevilles. On ne distinguait pas ses traits, cachés dans l'ombre de sa cagoule.

– Vous voilà, monseigneur, dit le vieillard en se courbant pour saluer Broérec. Qui vous a donc prévenu ?

– Prévenu de quoi ? s'exclama Broérec en descendant de cheval et en confiant la bride à l'un de ses hommes d'armes.

– Mais de la mort de ce p'tiot au bord de l'Elez, hier, bégaya le vieux recteur. Celui que nous a amené le Renoulf et son fils, tiens !

– Tu veux dire, le père, qu'il y a ici un autre défunt ? gronda Broérec.

– Vous, vous…

– Arrête de bégayer ! Nous aussi, on t'amène un mort. Envoie quelqu'un chercher les aubergistes et vite !

Le vieil homme appela l'un des gamins qui jouait dans la mare, lui murmura deux mots à l'oreille et le gosse partit en courant vers l'auberge.

Pendant ce temps, les hommes d'armes, commandés par Drogon, avaient pris position en silence à quelque distance de l'entrée du village. Ils étaient restés en selle, la main sur leurs javelines.

Seuls Thustan et le valet qui s'occupait du cheval de bât s'étaient placés près de Broérec, attendant ses ordres.

À la vue du sinistre fardeau, des murmures s'étaient élevés dans les rangs des paysans. La tension devenait presque palpable entre les deux groupes. Sur un signe de Drogon, les soldats s'étaient lentement rapprochés de l'entrée de l'enclos.

Voyant cela, les mères avaient aussitôt fait rentrer les enfants en bas âge dans les maisons, fermant les portes derrière eux et étaient revenues se placer, l'air farouche, aux côtés de leurs hommes.

« Broérec a au moins dit la vérité sur un point, pensa le chevalier, ses gens ne l'aiment guère. Quand les femmes de paysans montrent les dents, dit mon père, la révolte est proche ! »

Le groupe d'enfants que le chevalier avait remarqué, se tenait toujours à l'écart, comme s'il ne faisait pas partie du village. Il y avait quelque chose dans leur attitude et dans celle du berger qui éveilla la curiosité de Galeran.

L'adolescent, il devait tout au plus avoir quatorze ans, surveillait les manœuvres des paysans et des cavaliers. Il fit signe aux enfants de se disperser et, après s'être assuré que ceux-ci lui obéissaient, fendit avec assurance les rangs des villageois qui s'écartèrent pour le laisser passer. Il se dirigea droit vers le vieux recteur mais le moine noir lui posa fermement la main sur l'épaule et l'entraîna vers l'intérieur du village.

Pendant que Galeran observait ce manège, un homme d'armes, sur un signe de Broérec, avait dénoué la corde qui maintenait le corps de la petite morte et avait posé sans ménagement le linceul à même le sol. Un murmure de colère s'éleva parmi les villageois qui se rapprochèrent du seigneur du Huelgoat.

Écartant les rangs, un couple d'âge mûr s'avança, mené par le p'tiot.

L'homme, de petite taille, la bedaine en avant, s'inclina devant Broérec.

– Je suis l'aubergiste et voici ma femme. Vous nous avez mandés, seigneur ?

Broérec les toisa puis répondit durement :

– Regarde d'abord l'homme et nous parlerons ensuite !

Saisissant son poignard, le géant se pencha alors vers la forme blanche et trancha d'un coup sec la toile, révélant le visage déformé de la fillette. Une fade odeur de décomposition s'échappa alors du suaire.

La femme regarda puis étouffa une plainte, se cachant le visage entre ses mains. L'aubergiste, très pâle la fit passer derrière lui.

– Qui a tué notre p'tiote ? demanda-t-il d'un ton où se mêlaient la colère et l'incrédulité.

– Je ne sais, l'homme, répondit Broérec avec hauteur.

– Un instant ! interrompit calmement le chevalier, pressentant qu'il valait mieux intervenir avant que Broérec ne rudoie ces gens et que la rencontre ne tourne mal.

Il s'approcha donc et se présenta au couple :

– Je te salue, aubergiste ! Je me nomme Galeran de Lesneven et voudrais t'assurer toi et ta femme de ma compassion pour ce qui vous arrive. Nous sommes ici pour aider, non pour accuser. Messire Broérec et moi-même, pensons qu'il est temps de mettre un terme à tous ces malheurs.

Les aubergistes, habitués aux manières brutales de leur seigneur, se regardèrent l'un l'autre, étonnés par l'intervention courtoise du chevalier.

Galeran poursuivit en martelant ses mots :

– Nous sommes venus pour comprendre ce qui a pu causer la mort de votre petite et aussi celle de l'autre enfant qui vous a été amené.

Puis se tournant vers le recteur de Lannédern :

– Pourrions-nous entrer en votre chapelle pour discuter ? Vous pouvez faire emmener la fille des aubergistes afin de la faire préparer pour son enterrement, je l'ai examinée. Avez-vous déjà mis en terre le jeune garçon ?

Insensiblement, Galeran avait pris la direction des opérations et le vieux recteur le sentit, il s'inclina prestement devant lui :

– Non, messire, je n'ai pas encore fait enterrer le petit. Je le comptais faire ce jourd'hui.

Puis s'adressant à un villageois :

– Toi, porte la Fanchonnette à l'intérieur et pose-la à côté du p'tiot et va faire sonner la cloc'h ar maro que d'autres veilleurs rejoignent les vieilles à la chapelle.

Et le vieil homme de faire signe aux paysans de s'écarter devant les chevaliers qui entrèrent dans l'enclos et se dirigèrent vers le sanctuaire.

Quelques femmes, rassurées, s'en retournèrent à pas lents vers leurs logis et les deux gaillards désignés par le prêtre, saisirent le corps de la gamine afin de le porter à l'intérieur.

Le père Gwen alla ouvrir la porte de la maison de Dieu et s'effaça pour les laisser passer :

– Entrez, messires. Entrez donc.

Thustan qui ne quittait pas son maître d'une semelle, pénétra dans les lieux, à la suite du chevalier et du seigneur de Huelgoat.

La chapelle était pauvre, mais très propre. Une bougie brûlait près de l'autel, grosse plaque de schiste juste recouverte d'un linge blanc, et des bouquets de fleurs de bruyère décoraient la niche de la Vierge Mère. On avait mis des veilleuses aux quatre coins de la pierre d'autel et les meurtrières laissaient passer un mince rayon de soleil qui éclairait la chaire du vieux recteur, simple billot de bois où il montait pour prêcher.

Jetant un rapide coup d'œil autour de lui, le chevalier avisa un banc et fit signe à la femme de l'aubergiste d'y prendre place.

Pendant ce temps, les deux hommes avaient déposé leur fardeau au pied de l'autel, sur le sol de terre battue. Un autre linceul gisait là, juste recouvert d'un drap. Des bouquets de buis étaient posés sur le drap funéraire et deux villageoises priaient pour le repos de l'âme de l'enfant inconnu.

On entendait tinter la cloc'h ar maro dans le

village, d'autres veilleurs n'allaient pas tarder à rejoindre les vieilles femmes agenouillées.

L'aubergiste semblait éperdue de douleur. Elle finit par s'asseoir, l'air égaré, devant le chevalier qui la regardait avec compassion. Elle avait dû être belle en son temps, mais s'était fanée bien vite à l'ouvrage.

Son mari se plaça derrière elle, ses mains reposant sur les épaules de son épousée.

– Femme, il faut que tu m'aides à trouver qui a tué ta fille.

Le chevalier parlait d'une voix douce, articulant lentement chaque syllabe.

– J'ai besoin de savoir quand et comment elle a disparu.

La femme leva des yeux rougis par les larmes vers le chevalier avant de dire avec difficulté :

– La Fanchon a disparu le jour où l'renard a mangé la poule au vieux Mikhel !

– Bien, mais quand était-ce ? demanda le chevalier calmement. Il y a combien de lunes ? Un jour de messe, peut-être ?

Le visage de la femme s'éclaira, un peu de couleur venant teinter ses joues :

– Le jour d'avant la messe, c'est c'la, le jour d'avant !

– Bien, donc un samedi et quel samedi ?

– J'sais pas, messire.

– C'était avant la moisson ?

– Non, après…

– Tu es bien sûre la femme ? Cela fait donc à peu près deux lunaisons. Et comment cela s'est-il passé ?

La femme éclata en sanglots douloureux avant de murmurer en s'essuyant le nez avec sa manche :

– Oh, j'sais pas messire…

– Essaie de te rappeler, la femme, qu'as-tu fait ce samedi-là ? Tu étais à l'auberge ? Et la Fanchon ? As-tu vu quelqu'un à l'auberge que tu ne vois pas souvent ?

– Je me souviens qu'il y avait bien le jeune messire…, hésita la femme.

Broérec qui écoutait avec attention, s'approcha et menaçant la femme du poing, rugit :

– De quoi, ribaude, tu oses parler de mon fils ?

Le visage livide, la femme se recroquevilla sur son banc et son mari s'apprêtait à répondre avec âpreté quand Galeran, saisit le bras de Broérec et l'entraîna à l'écart.

Mécontent, celui-ci essaya bien de résister un peu mais l'étreinte du chevalier était si rude, ses doigts si fermement enfoncés dans sa chair et son air si décidé qu'il finit par le suivre en maugréant.

– Écoute, Broérec, tu m'as demandé de t'aider ? gronda le chevalier.

– Oui, mais…

– Alors, ne t'en mêle pas. Il est inutile que j'essaye d'obtenir des renseignements de gens que tu terrifies. Et si l'un de tes fils est en cause, nous devons, tu entends, nous devons le savoir !

Broérec marmonna :

– Bien, bien, je me tairai, mais que ces rustauds ne s'imaginent pas qu'ils vont jeter ces crimes sur la tête de mes fils !

– Si un de tes fils est coupable, il te faudra le

châtier. Maintenant, je te demande d'écouter tout ce qui se passe, mais n'interviens que si je te fais signe. Ou par ma foi, je renonce à t'aider en cette affaire.

Les deux hommes revinrent vers l'aubergiste qui les attendait, les lèvres serrées.

– Bien, dit Galeran. Peux-tu me dire, l'aubergiste, lequel des fils du seigneur de Huelgoat était chez vous ce jour-là ?

–…

– N'aie crainte, il ne vous sera fait aucun mal, je m'en porte garant. Nous avons besoin de savoir qui était ce jour-là à Lannédern, que ce soit fils de seigneur, pèlerin, vagabond, chasseur… Alors lequel des fils du seigneur de Huelgoat était-ce ?

– Chez nous, le blond, mais ici le brun.

– Quoi ? Que veux-tu dire ? Que les deux fils du seigneur Broérec étaient ce samedi-là à Lannédern ?

– Ben oui, ça pour sûr, ils y étaient !

L'homme parut hésiter puis poursuivit à voix plus basse :

– Le brun, il était dans l'enclos à prier comme souvent et même qu'ensuite, il a joué avec notre petite. On le trouve pas fier, et doux c'lui-là. La Fanchon, elle l'aimait bien. Pour le blond, il aurait bien voulu tripoter l'Armelle, notre aînée. Ça fait un moment qu'il lui tourne autour. Il a fallu qu'avec quelques hommes du village on lui dise de s'en aller. Dame, cet homme y lui fait grand peur !

– La petite Fanchon n'était pas avec toi à l'auberge ?

– Non, elle était à l'ossuaire, mais j'la voyais bien, allez ! Et puis d'un coup, comme si l'Ankou l'avait enlevée, la p'tite l'était plus là, dit la femme en éclatant en sanglots douloureux.

Son mari se signa.

– Tais-toi la femme et va-t'en à l'auberge. J'vas parler seul messire, si vous le voulez. Elle tient plus droit, la pauvre vieille depuis que la Fanchonnette est partie, dit-il d'un air triste.

Galeran acquiesça d'un signe de tête et salua la pauvre femme qui s'était levée en pleurant :

– Merci pour ton aide, la femme. Que Dieu te protège.

L'aubergiste suivit sa femme des yeux, la regardant s'éloigner puis il reprit son récit en poussant un profond soupir :

– On l'a cherchée partout notre Fanchon. Tout le village a aidé mais plus de gamine, elle avait disparu. Et puis, les jours ont passé…

– Les fils du seigneur étaient encore au village quand vous vous êtes aperçus que la petite avait disparu ?

– Oh non, le brun, il avait emmené son frère. Ils s'étaient disputés à cause de l'Armelle. Le seigneur brun y voulait plus que son frère lui tourne autour.

– Réfléchis bien, y a-t-il d'autres enfants qui ont disparu ici ou dans un autre village ?

– Ben, depuis quelque temps, l'Ankou y rôde. Et puis, y'a le Yeûn…, murmura l'homme les yeux écarquillés comme s'il voyait quelque chose d'effrayant derrière Galeran.

Le chevalier se retourna vivement, scrutant les

ombres de l'église. Près de l'autel, le curé était en grande conversation avec le moine noir.

Galeran considéra à nouveau l'aubergiste. De la sueur trempait les cheveux de l'homme et coulait dans ses yeux.

– Que veux-tu dire l'aubergiste ? De quoi as-tu peur soudain ?

– De rien, messire, de rien, chuchota l'homme. Mais c'est trop, tout ça. Y'a une petite qu'a disparu dans le Yeûn, une fillette des tourbières et puis y'a un garçon d'Huelgoat, c'était après la moisson comme la Fanchon. Et à Saint-Herbot, les deux fils de la Janik y z'ont disparu aussi… oui, comme j'le dis, l'Ankou y rôde !

Broérec qui s'était éloigné dès qu'on avait cessé de s'intéresser à ses fils, n'avait pas dû entendre ce qui s'était dit car l'homme avait parlé si bas que même Galeran s'était penché pour saisir ses paroles.

L'aubergiste se signa à plusieurs reprises. Il transpirait de plus en plus et s'agitait sur ses pieds, mal à l'aise.

– Assieds-toi l'homme, dit le chevalier en lui montrant le banc. Calme-toi. Si il y a un coupable, nous le trouverons et nous le châtierons, il n'y a point là de sorcellerie. Repose-toi un instant et puis tu rentreras en ton auberge.

– Oui messire, murmura le malheureux, en se prenant la tête entre les mains.

Le recteur, qui était resté discrètement à l'écart pendant l'entretien, se rapprocha de l'aubergiste et se penchant sur son épaule, lui parla doucement à l'oreille, essayant de le réconforter.

Non loin de là, Broérec discutait âprement avec Thustan. Les deux hommes se turent à l'approche du chevalier.

– Holà Broérec, ton latin est trop mauvais pour que je l'entende ? plaisanta le chevalier. Je vais avoir besoin de questionner Drogon et Jestin, tu t'en doutes.

Son ancien compagnon d'armes le toisa d'un air étrange et dit :

– Bien, Jestin est certainement au château et quant à Drogon, nous lui en parlerons ce soir, si tu le veux bien. Pas devant ces rustauds.

– Comme tu voudras !

Un long moment, le chevalier dévisagea Broérec de ses yeux clairs, puis lui lança soudain :

– Étais-tu au courant de ces disparitions sur tes terres ?

– Quelles disparitions ? Je t'ai conté ce que je savais. Il y a eu des morts, oui-da et tout le monde meurt un jour que je sache, et après ?

– Il me semble que, justement, tu ne me dis pas tout. Toi, le seigneur de ces lieux, tu prétends en savoir moins qu'un aubergiste. Non seulement, il y a eu des morts, et à mon sens, bien plus que nous ne pensons. Mais il y a eu aussi de nombreuses disparitions. Ce qui se passe ici est plus compliqué que ce que tu m'as annoncé. Une disparition est souvent un accident plus inquiétant que la mort elle-même…

– Mon ami, tu me casses la tête, dit le géant, comment veux-tu que je sache les choses qui arrivent à des manants qui me fuient comme si j'étais le Diable ?

– Ne les fais-tu pas recenser ainsi que leurs bêtes ? demanda le chevalier.

Le géant hocha la tête en grimaçant.

– Ils s'y opposent. Je t'ai dit qu'ils me tenaient tête et puis, tu as bien vu par où nous sommes passés, comment compter des gens et des bêtes qui ne sont pas là, messire le goupil ?

– La peur ne tue pas, Broérec, mais prends garde, elle empêche de vivre, murmura le chevalier.

Sur ces paroles, il tourna les talons, laissant le géant sans voix.

– Qu'allons-nous devenir messire ? demanda le vieux recteur en allant à la rencontre de Galeran.

Le vieillard transpirait abondamment et semblait mal à l'aise.

– Mon père, il faut trouver la solution à tout ceci. Mais peut-être pourriez-vous m'apporter votre aide, j'en ai grand besoin.

– Elle vous est acquise, bien que je ne sois qu'un pauvre vieillard fatigué.

– Dites-moi d'abord, mon père, qui est ce moine qui vous accompagnait, quand nous sommes arrivés ?

– Oh, c'est frère Withénoc… un saint homme, messire, dit le recteur avec une hésitation qui n'échappa pas au chevalier. Mais il ne prise guère la compagnie !

– J'ai vu ça, en effet, il vous faudra me le présenter, j'aimerais le rencontrer et…

Marquant un temps, le chevalier semblait en proie à une idée soudaine.

– J'ai vu un garçon étrange tout à l'heure. Il est rentré dans l'enclos avec ce frère Withénoc.

– Oh, ce doit être Kaourintin, le berger. Il a été visité par notre Seigneur…

Le vieux recteur s'interrompit brusquement. Galeran tourna la tête et vit le moine qui venait lentement vers eux.

– Qu'avez-vous, mon père ? Vous sentez-vous mal ?

– Oh non, mon fils, ce n'est rien, je me fais vieux et je me sens si fatigué. Me pardonnerez-vous si je me retire ? De plus, je dois prier pour le repos de ces deux âmes.

– Bien sûr, mon père, me permettez-vous d'examiner le corps du jeune garçon ?

– Oui, messire faites, et… que Dieu vous garde, murmura le recteur en s'éloignant un peu trop rapidement.

Il posa une main au passage sur l'épaule de l'aubergiste qui se leva aussitôt et sortit en sa compagnie. Broérec et Thustan avaient disparu. Hormis les deux vieilles en prière près des corps, Galeran se retrouvait seul dans l'église avec le frère Withénoc. Celui-ci, sa cagoule lui masquant toujours à demi le visage, s'était arrêté sans rien dire à quelques mètres du chevalier.

Un sentiment de malaise envahit à nouveau Galeran. Était-ce à cause de ces corps d'enfants martyrisés, étendus sur le sol du sanctuaire ou bien de cette sombre silhouette dressée à quelques pas de lui ?

Se secouant, Galeran marcha droit vers le moine et inclina la tête pour le saluer.

– Je me nomme Galeran de Lesneven et vous êtes frère Withénoc ?

L'homme n'esquissa pas un geste et garda la tête obstinément baissée. On ne distinguait pas ses traits, seule une fine barbe noire comme en portent les Anglais, émergeait de sa cagoule. Un silence pesant s'installa entre les deux hommes.

Le chevalier, que ce petit jeu commençait à impatienter, allait ouvrir la bouche quand une voix sourde s'échappa de l'habit monacal.

– Je suis bien frère Withénoc, messire Galeran. À vous revoir. Protégez-vous, car cette contrée est pleine de dangers, surtout pour ceux qui font profession d'être curieux !

Sur ces mots, le moine planta là le chevalier.

« Eh bien, c'est la première fois qu'un homme me donne pareille impression. Ce diable de moine fait réellement froid dans le dos ! »

Avisant les deux corps, le chevalier se secoua, se disant qu'il était temps d'examiner celui du garçonnet. Il demanda aux deux vieilles femmes de le laisser seul un instant et retirant les bouquets de buis, souleva le linceul. La dépouille avait été lavée. Contrairement à la fillette, le gamin ne semblait pas avoir subi de mauvais traitements. Galeran écarta les vêtements mais aucune blessure n'expliquait la mort. L'enfant devait avoir dans les huit ou neuf ans et était d'une excessive maigreur. Le chevalier fronça les sourcils en examinant la bouche de l'enfant. Sa gencive était marquée de la même barre sombre que celle de la fillette. Comme elle, il avait les ongles cassés et les genoux meurtris.

Galeran referma le linceul, se signa et sortit faisant signe aux veilleuses de retourner auprès des corps des deux enfants.

12

Un beau soleil de septembre éclairait le village. Il faisait doux et Galeran poussa un soupir de soulagement en se retrouvant dehors.

Malgré tout, le chevalier se sentait singulièrement seul et désarmé. Il aurait eu besoin d'alliés ou de témoins dignes de foi, or il n'avait confiance ni en Broérec ni en ses fils, malgré la sympathie spontanée qu'il avait tout d'abord éprouvée pour Jestin.

Une fois sorti de l'enclos, il se dirigea vers l'auberge. Broérec vint à sa rencontre avec impatience :

– Tu n'as donc pas encore fini ! s'exclama-t-il. J'ai à faire au château et je dois voir Jestin. Je ne l'ai point aperçu depuis hier. Je vais te laisser un de mes hommes pour te raccompagner.

– Je n'ai plus qu'à aller à l'auberge, je partirai ensuite, répondit le chevalier d'un ton las qui n'échappa pas à Broérec.

– Qu'est-ce que tu as, tout soudain, tu as l'air fatigué ?

– Non pas. Mais où sont passés Drogon et Thustan ?

– Ils sont repartis pour Huelgoat. Drogon en

avait assez d'attendre. Il n'est guère patient.

– …

– À quoi songes-tu soudain ?

– À la patience, mon ami, à la patience…

Et le chevalier s'en alla vers l'auberge. Broérec haussa les épaules et cria un ordre à ses hommes qui se mirent en rang par deux. Un des soldats amena son cheval au seigneur du Huelgoat qui l'enfourcha et donna le signal du départ.

Quand le nuage de poussière soulevé par les cavaliers se fut dissipé, Galeran entendit résonner une petite cloche. Apparemment le guetteur, juché sur le faîte de la chapelle, prévenait que l'alerte était terminée et que chacun pouvait retourner à ses occupations.

Comme par miracle, on aurait dit que la vie reprenait tout à coup ses droits. Galeran aperçut la silhouette caractéristique d'un pillawer, sorte de chiffonnier nomade. L'homme venait d'arriver au village et vantait déjà ses rubans et ses épingles en os à grand renfort de boniments. Les enfants insouciants, hurlaient de rire en écoutant les plaisanteries du chiffonnier qui savait y faire pour tenir son monde auprès de lui.

Les Bretonnes, l'air sombre, ne s'en laissaient pas conter, mais restaient attentives, demandant le prix d'une fibule ou d'un écheveau de fil de lin qu'elles marchandaient longuement sans se décider.

Le pillawer servait aussi de messager, portant de village en village, les nouvelles qu'il récitait aux parents ou amis éloignés.

Une vieille du Yeûn venait d'arrêter sa carriole

à bras non loin de l'ossuaire et proposait des galettes de sarrasin couvertes de miel doré. Deux gamines, la main dans la main et l'œil brillant, se rapprochaient de son étal lorgnant les gâteaux avec envie.

Non loin de là, trois hommes discutaient affaire autour d'un cochon, gras comme après la glandée.

Non seulement les habitants de Lannédern habitaient dans l'enceinte de leur chapelle, mais leur recteur leur avait apparemment accordé le droit d'y faire commerce. Galeran se sentit réconforté par toute cette activité et allongea le pas vers l'auberge de Lannédern.

Avec ses murs en torchis et sa toiture de roseaux, la maison était plus grande que celles situées dans l'enclos mais rien n'indiquait que l'on avait affaire à une auberge.

En fait, le père Gwen et surtout les paysans de Lannédern, y venaient manger ou boire à l'abri du regard de leurs femmes ou des criailleries de leurs enfants.

Seuls les hommes étaient admis ici, et le soir, une fois la cuisine faite, l'aubergiste demandait à sa femme et à ses filles de s'aller coucher pour laisser les villageois entre eux.

On entendait alors monter de gros éclats de voix, des rugissements de colère ou des exclamations émerveillées au récit des aventures du géant Gwerz ou d'Edern, le protecteur du village.

En tout et pour tout, l'auberge comportait trois pièces, une salle commune où se faisait la cuisine et qui accueillait la clientèle, une chambre où dormaient l'aubergiste, sa mère, sa femme et ses deux filles et une autre chambre dont les couchettes de paille de seigle attachées entre des piquets servaient à héberger les voyageurs ou les pèlerins. Fort rares, il faut le reconnaître, dans cet endroit perdu des monts d'Arez. Il n'y avait guère que les pillawers pour s'aventurer là.

À côté de l'auberge, les villageois avaient construit un four à pain qui servait à tout le village. L'aubergiste en avait la responsabilité et gare à qui s'en approchait avant que la fournée ne soit refroidie.

Par souci de sécurité, l'auberge ne comportait aucune autre ouverture de ce côté-là qu'une solide porte de chêne. Une fois passé le seuil, on entrait dans la salle commune et l'on s'apercevait alors que la seule et unique fenêtre de l'auberge de Lannédern donnait sur le mur du cimetière. En se penchant un peu, on voyait l'ossuaire. De quoi alimenter les longues conversations sur l'Ankou…

Deux longues tables montées sur tréteaux, des bancs, un grand bahut et quelques escabeaux grossièrement taillés constituaient le seul mobilier.

L'aubergiste avait placé à même la terre battue, une série de pierres plates qui servaient d'âtre et occupaient tout le centre de la pièce. La fumée noire de la tourbe s'échappait par un trou béant percé dans la toiture.

Malgré l'heure matinale, des vieux, leurs bonnets de laine enfoncés jusqu'aux yeux, avaient placé les escabeaux près du feu et tressaient des cordonnets de paille pour les ruches. Un peu à l'écart, une vieille, l'œil vague, sans doute la mère de l'aubergiste, cardait la laine en silence, perdue dans ses pensées.

Des écuelles de bois avaient été posées sur les tables car l'heure du repas approchait. Des chandelles de résine diffusaient une faible clarté.

En entrant, la première chose que le chevalier remarqua était une jeune fille qui posait deux chopes bien pleines devant des paysans attablés.

Si c'était la fille laide et sale dont avait parlé Drogon, il s'était bien moqué de lui.

Quand Galeran s'approcha, les paysans, qui parlaient entre eux à mi-voix, se turent brusquement. Les vieux suspendirent leurs gestes, observant le nouveau venu.

– Je vous salue bien les hommes, dit le chevalier, je viens parler à l'aubergiste.

Les Bretons retournèrent à leurs affaires, les vieux à leurs tresses. La vieille n'avait pas même levé la tête.

– Que lui voulez-vous, messire ? demanda la jeune fille en s'essuyant les mains sur sa cotte de toile.

À son arrivée, le chevalier avait été frappé par la beauté des femmes du village. De petite taille, elles avaient de beaux cheveux couleur de tourbe sèche et des yeux gris comme la brume. Leurs guimpes de toile blanche mettaient en valeur la mélancolique douceur de leurs visages.

Mais si les filles de Lannédern étaient jolies et proprettes, celle-là l'était bien davantage. Elle arrivait à peine à la poitrine du chevalier et sa taille était si fine qu'il aurait pu en faire le tour de ses mains serrées.

Sa coiffe blanche, très simple, encadrait un visage aux traits si purs que le chevalier resta un moment sans voix.

Les beaux yeux gris de la jeune fille étaient rougis par les larmes.

– Vous êtes Armelle, n'est-ce pas ? demanda le chevalier en la saluant courtoisement.

– Oui, messire, c'est mon nom. Je vais aller quérir mon père.

– Non, restez un instant, je vous prie, dit Galeran en lui posant la main sur le bras. J'ai quelques questions à vous poser sur la disparition de votre sœur cadette.

– Je ne sais rien, hormis sa fin cruelle, murmura la jeune fille en se dégageant vivement.

– Pardonnez-moi, je ne cherche pas à vous faire peine, damoiselle.

Le chevalier hésita avant de poursuivre.

– Il faut que vous me parliez des fils du seigneur Broérec.

La jeune fille étouffa un petit cri comme un animal pris au piège.

– Vous êtes arrivé avec le seigneur du Huelgoat alors pourquoi vous parlerai-je de ses fils ? Croyez-vous qu'une fille d'auberge comme moi puisse vous apprendre quelque chose de plus que leur compagnie ne vous ait déjà appris ?

– Que vous veut Drogon ?

Au moment où Galeran posa la question, il maudit sa maladresse. Le regard de la jeune fille s'était durci. Ses petits poings trituraient sa blouse, elle répondit d'une voix sourde, son regard gris planté dans celui du chevalier :

– Il veut m'engrosser, messire.

À ce moment, l'aubergiste traversa la salle venant vers eux, et la jeune fille en profita pour s'ensauver.

– Bienvenue chez moi, messire, je m'en vais vous offrir une pinte.

Le chevalier se tourna vers l'homme :

– Grand merci, mais dites-moi, votre femme se sent-elle plus gaillarde ?

– Il faut croire, elle est partie à l'église avec sa commère pour faire la toilette de notre Fanchon et pour prier. On va bientôt enterrer les petiots. Vous avez causé avec mon Armelle ?

– Oui, et j'ai peur de l'avoir rebutée. Dites-lui bien que je ne lui veux aucun mal.

– Elle est trop tendre, l'Armelle. Mais baste, cela passera. Que puis-je pour vous, chevalier ?

– Je voulais que votre fille me parle de Drogon et aussi du jour où sa sœur a disparu. Si je ne la trouve en sortant, je reviendrai lui parler plus tard. À vous revoir et que Dieu vous garde, vous et les vôtres.

– À Dieu, messire chevalier, vous pareillement.

Une fois dehors, le chevalier après avoir regardé autour de lui, aperçut la petite silhouette d'Armelle qui fuyait vers le couvert des bois. Elle courait comme une biche traquée et Galeran s'en voulut de lui avoir causé telle frayeur.

Un hennissement familier retentit et Galeran vit un valet d'armes qui venait vers lui en tenant Quolibet et une autre monture par les brides.

– Holà chevalier ! Le sire Broérec vous fait dire qu'il vous attend en son château. Il m'a demandé de vous reconduire.

– Bien allons-y l'homme, et ne faisons pas attendre le seigneur du Huelgoat, répondit Galeran qui commençait à trouver la sollicitude de Broérec quelque peu encombrante.

Le chevalier sauta en selle, bientôt imité par le valet d'armes qui montait un de ces robustes petits chevaux de guerre qu'affectionnaient les Bretons.

13

L'adolescent, d'ordinaire si calme, allait et venait dans la petite salle. Ses sourcils froncés et sa figure préoccupée disaient assez sa colère.

– Mais pourquoi ne me laissez-vous pas sortir ? demande-t-il enfin, exaspéré.

– Vous devez vous garder de toute atteinte. Ces hommes ont les mains pleines de sang. Ils sont impurs et vous saliraient, Kaourintin !

– Dieu m'est témoin que je ne crains aucune souillure, Withénoc.

Contrairement aux petits paysans, Kaourintin était d'une pâleur extrême. Ses cheveux étaient courts et bouclés, ses yeux limpides. Il émanait de tout son être une sorte de clarté mais aussi une force et une volonté peu communes. Withénoc évita son regard et insista :

– Mon devoir est de vous protéger, même contre vous-même.

– Nous serons bientôt une trentaine et les villageois ne pourront plus nous nourrir même en échange de notre labeur. Le savez-vous ?

– Oui, bien sûr, nous partirons bientôt.

– Vous ne pourrez toujours me garder en cage, Withénoc !

– Qui vous parle de cage ou de prisonnier ? Pas moi, Kaourintin, je ne veux que votre bien.

– Il faut que je parle aux enfants. Il est temps de partir, les beaux jours s'enfuient…

– Pas maintenant, entendez-vous !

Le ton avait changé, la voix était devenue menaçante et le jeune homme se tut. Il se laissa tomber sur la litière qui lui servait de couche et se prit la tête dans les mains.

Plus le temps passait, et plus le jeune berger trouvait cet étrange compagnon inquiétant.

Quand Kaourintin avait tout quitté, son village de Daoulas, sa famille, son troupeau pour prêcher sa croisade par les routes de Bretagne, il ne pensait pas que cela prendrait autant d'ampleur.

De quatre ou cinq au début, ils étaient aujourd'hui plusieurs dizaines. Des enfants qui croyaient en Dieu, qui croyaient en la Jérusalem céleste, qui ne supportaient plus la misère de leur vie. Des adolescents en quête d'aventures, des fillettes que le seul nom d'Orient faisait rêver. Tous l'avaient suivi, fuyant leurs cabanes ou leurs maisons de pierres pour une croisade, leur Croisade !

La lumière qui émanait de Kaourintin, sa facilité à trouver les mots justes avaient enflammé tous ces jeunes qui l'avaient rejoint pour, disaient-ils, délivrer la Terre Sainte.

Et puis, un jour, alors qu'il était venu prêcher

sur le marché de Carhaix, cet homme vêtu de l'habit des clunisiens s'était présenté, lui proposant son aide et sa foi. Kaourintin avait été flatté d'être reconnu par un moine, clunisien de surcroît, et il avait accepté l'aide de frère Withénoc.

Cela faisait maintenant quatre mois qu'ils étaient ensemble et insensiblement leurs rapports s'étaient dégradés. Kaourintin avait dû peu à peu se plier aux injonctions du moine et venir dans ce coin perdu des monts d'Arez avec sa troupe d'enfants.

Heureusement, les villageois de Lannédern leur avaient fait bon accueil. Ils avaient prêté une étable pour abriter les enfants et les nourrissaient moyennant travail.

Les femmes de Lannédern surtout, avaient été émues par la jeunesse et la fragilité de ces nouveaux « Croisés », habités par une foi ardente.

Mais il y avait quelque chose d'étrange dans tout cela. Ainsi Kaourintin était persuadé que Withénoc connaissait de longue date le vieux recteur.

Il était gentil ce père Gwen, mais la seule présence de Withénoc semblait le paralyser de peur et comme par hasard, le moine ne cessait guère de le suivre et de l'épier. Si bien que le jeune berger n'avait pas réussi, en trois mois, à parler une seule fois en tête-à-tête avec le recteur de Lannédern ! Les rares fois où le moine s'était absenté, le père Gwen s'était arrangé pour fuir Kaourintin comme s'il avait la lèpre !

Et puis, il y avait autre chose : ces enfants qui avaient disparu sans laisser la moindre trace.

Dans une pareille aventure, il était normal que

certains se découragent et désertent mais Kaourintin ne comprenait pas pourquoi les fils de la Janik de Saint-Herbot les avaient quittés.

Ces deux-là croyaient si fort en Dieu et en cette croisade. Le jeune berger était même revenu en cachette à Saint-Herbot pour voir si les deux garçons y étaient retournés. Mais non, là-bas on les cherchait toujours, alors où étaient-ils passés ?

Une main puissante se posa sur son épaule et Kaourintin, perdu dans ses pensées, sursauta.

– Pardonnez-moi, j'ai été dur avec vous, dit la voix rauque de Withénoc. J'ai promis de vous aider souvenez-vous, encore faut-il que vous m'en laissiez les moyens. Au fait, je n'aime guère ce Broérec et son arrogant de fils et ce chevalier qui était avec eux me semble un peu trop curieux.

– Ça, moi non plus, rétorqua le jeune homme en pensant à la douce Armelle, obligée de fuir cette brute qui la voulait violenter au nom du droit de cuissage, comme si elle n'était qu'une serve.

– Allez Kaourintin, venez, allons retrouver les enfants. Les gens d'armes viennent de partir, insista le moine.

Le moine et le berger sortirent de l'enceinte, aussitôt rejoints par des enfants qui se précipitèrent à leur rencontre pour saisir les mains de Kaourintin et l'entraîner vers l'étable la plus éloignée de l'enclos.

Entièrement construite en bois, cette étable pouvait contenir une trentaine de chèvres. La partie basse où reposaient les bêtes pendant la nuit était surmontée d'une plate-forme où les habitants de Lannédern entassaient le fourrage pour l'hiver.

Pour le moment, cette plate-forme abritait la petite troupe de Kaourintin. Hormis deux ou trois gosses malades que les villageoises avaient logés chez elles, les enfants s'étaient installés avec leurs maigres hardes dans les bottes de foin.

En tout, ils étaient vingt-deux à avoir rejoint le jeune berger et il en arrivait toujours d'autres, attirés par on ne sait quelle mystérieuse force.

Le jeune homme empoigna l'échelle et grimpa avec agilité dans la partie haute de l'étable.

Il y avait des enfants partout. Nichés dans les balles de foin, en train de jeter les dés sur le plancher. Les plus jeunes bâillaient encore, les yeux ensommeillés.

Les femmes du village leur avaient porté matin des galettes et du lait de chèvre et étaient reparties. La cloche du guetteur et l'arrivée du seigneur du Huelgoat avaient perturbé tout le monde. Malgré les ordres de Withénoc, qui leur avait enjoint de ne pas se montrer, certains étaient allés voir ce qui se passait puis étaient revenus se réfugier dans leur étable à l'abri des regards.

Beaucoup se levèrent à l'arrivée du jeune berger et l'entourèrent, le touchant, lui baisant les mains.

– Kaourintin, quand partons-nous à Jérusalem ? demanda une petite fille qui avait saisi le jeune homme par la manche.

– Bientôt, ma mie, répondit doucement le berger en lui passant la main sur la joue. Bientôt, je te le promets…

Kaourintin s'assit sur une balle de foin au milieu de l'étable, ainsi qu'il en avait pris l'habitude. La gamine vint s'asseoir à ses pieds avec quelques autres. D'aucuns prirent place sur des poutrelles de bois pour dominer la scène. Tous étaient attentifs.

– Cela fait déjà plusieurs lunes que nous sommes là ! déclara Goranton, qui venait de Daoulas comme Kaourintin. Pourquoi rester davantage ?

– Les gens d'ici ont été très bons mais avec l'hiver qui arrive, ils n'ont plus besoin de nous pour aller aux champs ou garder les bêtes. Ils en auront vite assez de nous entretenir à ne rien faire… alors il faut que nous partions, c'est en Terre Sainte qu'on a besoin de nous, clama une fillette, l'air décidé. Tu as dit toi-même que le voyage serait long et dangereux, alors qu'attendons-nous pour nous en aller ?

Des garçons assis, côte à côte, sur une poutrelle approuvèrent bruyamment :

– Anna a raison, on veut partir, Kaourintin ! Guide-nous vers Jérusalem.

– C'est une idée de Withénoc de rester ici, plaida le jeune berger.

– Mais ce n'est pas lui que nous suivons, c'est toi ! rétorqua avec chaleur Goranton.

Les enfants qui n'aimaient guère le moine noir dont ils avaient peur, tapèrent des pieds avec vigueur.

– Tu as raison Goranton, mais Withénoc pense qu'il faut laisser le temps à d'autres de nous rejoindre. Et puis, tu sais, beaucoup d'entre nous ont fait un périlleux voyage pour nous rejoindre. Ils avaient besoin de repos.

– Je sais tout cela Kaourintin, tu me l'as déjà dit, mais ce que je dis moi, c'est que trois mois, c'est trop et que l'hiver arrive !

– Il ne faut pas que les mois noirs nous prennent ici, les villageois ne pourront plus nous nourrir, nous sommes trop nombreux ! clama un garçon trapu qui devait avoir dans les quatorze ans.

– Ceux qui étaient malades vont mieux maintenant et s'il le faut nous les porterons, clama Goranton. N'est-ce pas les gars ?

– Oui, oui, répondirent les enfants.

– Crois-tu que nous désirions faire demi-tour maintenant, Kaourintin ?

Une petite fille, venue de Braspartz avec son frère voici une semaine, éclata en sanglots. Son frère l'attira à lui pour la consoler et dit à Kaourintin d'un ton de reproche :

– Elle a peur que nous soyons obligés de rentrer. Nous nous sommes ensauvés pour te rejoindre, le seigneur nous tuerait. Nous ne voulons plus être des serfs attachés à la terre. Nous sommes libres, Kaourintin, nous sommes les enfants du Roi du Ciel, guide-nous…

Kaourintin, ému, allait répondre quand Withénoc apparut soudain au bord de la plate-forme.

Il avait dû tout entendre et sa voix grinça un peu quand il dit, d'un ton qu'il voulait aimable :

– Vous voulez donc tant partir, les enfants ?

– Oui, répondirent les enfants en chœur.

– Eh bien, c'est d'accord, nous allons partir…

– Quoi que dites-vous ? Mais encore à l'instant, vous m'expliquiez… s'exclama le jeune berger en se tournant, stupéfait vers le moine noir.

– J'ai changé d'avis, Kaourintin. Je pense que tu as raison et que eux aussi ont raison ! dit-il en montrant les enfants.

– Vous ne pouviez me donner plus grand bonheur, Withénoc.

Puis se tournant vers les enfants :

– L'Orient nous attend les enfants, la Terre Sainte. Ultreia ! Ultreia ! s'écria avec allégresse le jeune berger.

Un tumulte de clameurs et de battements de pieds lui répondit.

Puis Kaourintin se leva et tendant les bras vers les enfants se mit à réciter avec ferveur :

– « Je vis un ciel nouveau, une terre nouvelle. Voici la demeure de Dieu avec les hommes… Il essuiera toute larme de leurs yeux : de mort, il n'y en aura plus ; de pleur, de cri et de peine, il n'y en aura plus, car l'ancien monde s'en est allé. »

Les enfants s'agenouillèrent autour du jeune homme, ils le regardaient, les yeux écarquillés, émerveillés par ce récit dont ils ne se lassaient jamais.

– « Il me montra la Cité sainte, Jérusalem qui descendait du Ciel, de chez Dieu, avec en elle la gloire de Dieu. Elle resplendit autant qu'une pierre des plus précieuses, comme du jaspe cristallin… Elle peut se passer de l'éclat du soleil et de celui de la lune, car la gloire de Dieu l'a illuminée… Rien de souillé n'y pourra pénétrer, ni ceux qui commettent l'abomination et le mal… »

Troisième partie

« Garde-toi seulement de manger le sang,
car le sang, c'est l'âme. »

Deutéronome, Lv 15 +

14

Le lendemain, le jour n'était pas encore levé que Broérec ouvrait déjà la porte de la chambre du chevalier et jetait sur son lit une chainse, des braies et une escoffle d'une couleur douteuse.

– Voici de quoi t'habiller pour la chasse. Ce sont des vêtements qui appartenaient à notre ancien traqueur. Je crois qu'ils n'ont jamais été lavés. Tu sentiras aussi fort que le gibier de par ici.

Et Broérec partit d'un rire tonitruant.

– C'est vrai, je te l'accorde, même sans avoir le nez fin, ils empestent ! Il faut dire qu'il aimait à les frotter avec des excréments de cerf avant de partir chasser.

– Pourquoi, « aimait » ?

– Il s'est fait éventrer par le grand coiffé, lors de notre dernière battue !

– Et tu veux me donner ces vêtements pour passer inaperçu ! s'exclama Galeran.

– C'est une idée de Drogon.

– Eh bien, si tu n'y vois pas d'inconvénient, je préfère garder mes vêtements. Je les frotterai de terre et d'herbes, ainsi que nous le faisons en Léon quand nous allons au grand gibier. Que Drogon fasse pour lui à son aise, et je ferai pour moi selon mes coutumes !

– Bien. Après tout, tu as raison, fais ainsi que tu désires.

– As-tu revu Jestin au camp depuis hier ?

– Non, juste Drogon, dit le géant le visage soudain assombri. Jestin n'a pas couché ici cette nuit et comme il est parti de grand matin hier, son absence m'inquiète, je l'avoue.

– C'est sentiment plutôt inhabituel chez toi, fit observer le chevalier en enfilant sa chainse. Allons Broérec, ce n'est sans doute pas la première fois que ton cadet découche ?

– Non, mais comme tu as pu le remarquer, Jestin ne ressemble en rien à son frère. Il est d'une autre nature. Et puis, il a toujours pris soin de venir me bonjourer avant chacun de ses départs. Je trouve son absence anormale, continua Broérec le front barré d'une ride soucieuse. Et s'il avait eu le même sort que tous ces gosses ?

– Allons, tu me paraissais plus gai, il y a un instant ! Sois raisonnable, Jestin n'est parti que depuis hier matin !

– Peut-être, grommela l'autre, mais cette nuit, je n'ai pas cessé de penser à ça et à ce que tu m'as dit hier. Cornedieu ! Toutes ces morts, ces disparitions. Je te jure que j'ignorais comment allaient les choses, je ne sais plus à quoi m'en tenir !

– Écoute, Broérec, ceux qu'on a trouvés étaient plus jeunes et sûrement moins dégourdis que Jestin. En plus, ils étaient fils et filles de paysans ou de villageois et non fils de seigneur, ce qui, à mon avis, veut dire quelque chose... Mais nous en parlerons plus tard, trancha le chevalier. Et entre nous, ton Jestin est plutôt joli garçon. Il a peut-être tout simplement une bergeronnette dans un village voisin ?

Le géant blond secoua la tête :

– Que nenni, Jestin n'aime guère la fredaine. Je ne l'ai jamais vu entreprendre une fille. Il a des habitudes de moine, plus que de paillard.

Le chevalier songeur, se dit que Jestin devait bien être la seule personne au monde pour laquelle Broérec se faisait du souci.

En fait, c'était peut-être tout simplement la seule qu'il aimait.

– Et Drogon ? demanda-t-il. Il n'était pas là non plus quand nous sommes rentrés de Lannédern. Ils étaient peut-être ensemble ?

– Ensemble, eux ? Le ton de Broérec était ironique. Autant que chien et chat ! Non, ils se détestent trop. Je ne te le voulais dire, hier, mais je savais que Drogon serait déjà reparti quand nous rentrerions. C'est dans ses habitudes, ces absences avant la chasse !

– Pourquoi cela ?

– Lui et Thustan aiment trop la traque pour ne pas s'y préparer longuement.

– Que veux-tu dire ? dit Galeran en mettant son escoffle de peau par-dessus sa chainse.

– Tu verras, répondit Broérec. Tu es prêt ?

– Oui, allons-y.

– Je t'ai mis de côté un de mes meilleurs arcs et quelques solides flèches. Si mes souvenirs sont bons, tu n'étais pas mauvais tireur !

– Tu penses à ce vieux sanglier qui nous a

donné tant de mal à Vitré ?

– Oui, malgré sa vigueur, ta flèche l'a foudroyé, il a continué vers nous mais il était déjà mort. Un beau coup vraiment ! dit Broérec en tapant sur l'épaule du chevalier.

Arrivé dans la basse-cour, Galeran comprit ce que voulait dire Broérec en parlant des préparatifs de Drogon.

Juste vêtu d'une ceinture de cuir où pendait un long coutelas, le jeune homme était recouvert d'une épaisse couche de glaise noirâtre. Il n'avait épargné ni sa barbe ni ses cheveux blonds qu'on ne distinguait plus. Ensauvagé, méconnaissable, les muscles tendus, il allait et venait dans la basse-cour comme une bête en cage.

– Salut à toi, Drogon, dit Galeran en s'avançant vers lui.

Le fils de Broérec, dont le corps dégageait une odeur fétide, ne lui répondit pas. Il regarda le chevalier comme s'il ne le reconnaissait pas. Les pupilles dilatées, il semblait sous l'emprise de quelque drogue.

Broérec, qui s'était approché, attira Galeran vers la porte charretière, lui montrant d'un bref signe de tête, des archais et des couires alignés le long du mur d'enceinte.

– C'est celui-là, dit-il en lui tendant un étui qui contenait un arc court et un couire empli de flèches à l'empennage bleuté.

Galeran prit l'archais et en sortit l'arc. De petite taille, fait d'une âme de bois très souple et de nerfs collés, c'était un jolie pièce. Il le banda et vérifia sa résistance avant de le reposer et de s'assurer qu'il y avait bien des cordes de rechange dans l'étui.

Puis, glissant l'archais en bandoulière, il sortit du couire les six flèches dont il examina le tranchant et la pointe.

– Comment le trouves-tu, dit Broérec qui l'avait regardé faire, tout en vérifiant son propre arc.

– Bon, dit Galeran, il a de la finesse. La cambrure est belle et il doit porter loin, merci à toi.

– Tiens, prends ça, dit Broérec en lui tendant un gant de cuir, c'est à Jestin, il l'avait laissé sur son coffre. Il devrait t'aller.

Le chevalier enfila le gant de cuir à sa main droite, vérifia qu'il avait bien sa dague à sa ceinture et se déclara prêt.

À ce moment, la silhouette trapue de Thustan fit irruption près d'eux. Il maintenait d'une main les mastiffs qui tiraient avec impatience sur leurs chaînes. Presque nu et le corps enduit de glaise comme son jeune maître, il s'approcha de Broérec et lui murmura quelques mots à l'oreille.

Thustan ne s'était pas embarrassé d'autre chose que de sa hache, glissée dans une grande ceinture de tissu noir qui lui maintenait l'abdomen, et de son cor de chasse qu'il avait mis en bandoulière. Tout comme Drogon, il avait natté ses cheveux et sa barbe afin de n'être pas gêné dans sa course.

Galeran se souvint d'avoir entendu parler de ces chasseurs qui s'ensauvageaient et traquaient nus afin de s'identifier au gibier, mais c'était plutôt là manière d'outre-Rhin, peut-être un héritage de la belle Walkyrie de Broérec.

« Voilà une meute que je n'aimerais guère rencontrer de nuit sur ma route. On dirait que ces hommes ont vendu leur âme de chrétien ! », songeait le chevalier tout en se rappelant les mises en garde de son père.

– Thustan a repéré la place du brame. D'après lui, c'est le grand coiffé qui nous a déjà maintes fois échappé, dit Broérec en s'approchant de lui. C'est à plus de deux lieues d'ici. Nous ne serons que quatre pour cette chasse. C'est Thustan qui traque et il m'étonnerait que nous puissions enlever la mise à mort à Drogon, c'est ce qu'il préfère.

– Qui le sait ? dit simplement le chevalier.

15

Sur un signe de Drogon, la porte charretière fut ouverte, laissant passer les quatre hommes.

Thustan avait pris la tête avec les chiens, ouvrant la marche. On n'entendait pas même le frôlement de ses pieds nus sur le sol humide.

Les bois étaient encore gris et noir, mélange d'ombres et de pénombre. On pressentait l'arrivée de l'aube sans en discerner la clarté.

Les quatre hommes, leurs arcs à la main, avançaient rapidement. Seuls retentissaient, de loin en loin, les cris plaintifs des oiseaux qui annonçaient le lever du soleil. Il sembla à Galeran qu'ils empruntaient la sente qui allait vers la voie romaine menant à Carhaix, mais bientôt Thustan, qui gardait la tête, obliqua vers la droite.

Soudain, il s'immobilisa net, le front en sueur.

– Écoutez, grogna-t-il, c'est lui.

Un étrange silence planait sur la forêt, comme si les oiseaux s'étaient tus. Au loin, résonnait l'appel sauvage d'un cerf en rut.

Il était difficile de savoir à quelle distance, il se trouvait. Le coup de gueule caverneux pouvait s'entendre à des lieues à la ronde, tellement il avait de puissance.

Le brame se prolongea, se répercutant interminablement, repris par l'écho, s'enflant encore avant de s'éteindre.

Le chevalier sentit les battements de son cœur s'accélérer. Il y avait dans cet appel, ce cri de guerre, une telle intensité sauvage, un tel défi qu'on ne pouvait l'entendre sans qu'il n'éveille en vous des pensées inquiétantes.

Les deux mastiffs s'étaient dressés, le nez au vent, tremblant d'impatience, guettant un signe de leur maître qui prit leurs chaînes des mains de Thustan. Les hommes repartirent et se trouvèrent enfin dans un passage plus dégagé.

La sente forestière était réapparue, serpentant entre les rochers. En cet endroit, la végétation était moins touffue.

Thustan grogna et se courbant, partit droit devant lui au pas de course. On n'aurait jamais cru à le voir qu'un homme si robuste et court sur pattes puisse aller si vite. Les chiens tiraient sur leurs chaînes mais Drogon les maintenait fermement.

Les trois hommes rattrapèrent Thustan qui s'était arrêté à couvert, à l'orée d'une clairière.

Au milieu de la trouée, éclairée par l'aube naissante, luisait une mare dont les berges étaient encore marquées par le passage d'animaux nocturnes. Drogon lâcha ses chiens qui se précipitèrent pour flairer puis au premier appel, rejoignirent leur maître en quelques bonds. Celui-ci les rattacha et enroula leurs chaînes autour d'un solide tronc, leur clamant un ordre bref.

Obéissant à Drogon, les chiens se couchèrent, posant leurs grosses têtes sur leurs pattes. Leurs yeux brillaient férocement mais ils se tinrent tranquilles, soufflant bruyamment.

– Pourquoi les a-t-il emmenés s'il les laisse ici ? demanda Galeran à Broérec.

– Drogon s'est promis que jamais aucune bête ne lui échapperait. Pour le cerf, il ne les prend jamais avec lui. Mais si le grand coiffé le tuait, nous devrions confier à ses chiens le soin de tenir sa promesse à sa place.

– Je vois, murmura Galeran.

Ils étaient repartis, abandonnant les chiens dans la clairière. La place du brame ne devait plus être loin maintenant. Cela faisait des heures qu'ils avaient quitté le camp, Galeran sentait la sueur couler le long de son visage et de ses aisselles. Mais l'excitation de la course l'empêchait de sentir la fatigue qui s'insinuait dans ses muscles.

Sur un signe de Thustan, les hommes ralentirent puis s'arrêtèrent. Le vent s'était levé, ce qui pouvait avantager les chasseurs ou leur faire perdre la traque car l'odorat développé du cerf pouvait les repérer de fort loin.

Drogon fit signe aux autres de s'allonger et s'agenouilla au côté de Thustan. Ces deux-là menaient la chasse ensemble, ce qui ne manqua pas d'étonner Galeran qui n'avait jamais vu Broérec renoncer à un commandement quel qu'il fût.

Devant eux se profilait une colline à la végétation dense, cernée de masses rocheuses.

– La harde se tient sur cette colline. Nous sommes très près de la place du brame. Le vent nous avantage mais il va falloir attendre un peu, voir s'il ne tourne pas, dit Broérec en s'allongeant et en posant son oreille à même la terre humide de rosée.

En haut de la colline retentit un brame rauque, le cerf était là avec son harpail, peut-être avait-il senti l'approche d'un autre mâle. On entendait des bruits de branches cassées, des piétinements, des chocs sourds, des appels plus aigus provenant de jeunes cerfs, la harde était nombreuse. Un brame caverneux retentit à nouveau.

– Tu entends comme son brame est grave ? murmura Galeran.

– Oui, ce doit être un vieux, peut-être celui qui a tué mon traqueur. Une énorme bête, un dix-cors et rusé avec ça, plus qu'un mauvais songe.

Thustan était parti en rampant vers la colline suivi par Drogon. On discernait difficilement les deux corps noirâtres qui glissaient tels des reptiles sur le sol humide.

Broérec et Galeran les rejoignirent dans une petite clairière dont le haut bout était fermé par une haie de taillis et de ronces. L'endroit était idéal, suffisamment dégagé pour viser la bête quand la haie de taillis la ralentirait dans sa percée.

Les quatre hommes se redressèrent sans bruit et Thustan fit signe aux autres de reculer de quelques pieds. Il resta seul au milieu de la trouée, farouchement campé sur ses jambes torses puis porta lentement le cor à ses lèvres.

Drogon qui avait glissé une flèche dans l'encoche de son arc fit signe à son père et à Galeran de se placer à ses côtés.

Le chevalier plaça deux flèches sous son pied gauche afin de pouvoir tirer plus vite sans quitter sa cible des yeux. Les trois hommes bandèrent leurs arcs, visant la haie qui les séparait du haut de la colline, se tenant prêts à tirer.

Un son grave comme celui d'un brame sortit du cor, un son qui résonna comme un défi jeté au grand coiffé qui se tenait là-haut avec son harpail.

Thustan se mit à taper du pied, et à donner des coups du plat de sa hache sur une vieille souche, imitant la folie frénétique du mâle en rut.

Puis il lança un deuxième appel plus rauque, plus coléreux que le premier. On aurait dit, à s'y méprendre, le brame d'un cerf.

Thustan cornait juste. En bon traqueur il savait qu'un cerf adulte ne s'intéressait pas à un appel trop aigu, signe d'un adversaire jeune et faible. En revanche, l'appel rauque d'un mâle plus âgé était un défi que le chef de harde ne pouvait ignorer.

La réaction ne se fit pas attendre.

Figés, les muscles tendus, les hommes entendirent, en réponse à la provocation de Thustan, un brame long et guttural dont l'écho se répercuta longtemps.

Puis après un silence, où l'on eût dit que la forêt

elle-même retenait son souffle, un piétinement sourd retentit, comme une avalanche de roches dévalant vers eux du sommet de la colline.

Des coups de sabots ébranlaient le sol, les arbres tremblaient. Au comble de la fureur, le grand cerf fonçait vers eux, brisant tout sur son passage. Broyant les arbrisseaux de sa lourde masse, cassant de ses bois les taillis qui l'entravaient, relevant le défi de cet ennemi qui le narguait.

L'odeur âcre du cerf en rut les submergea et dans un fracas de branches brisées, le grand coiffé passa par-dessus la haie, fonçant droit sur Thustan qui roula sur le côté pendant que les trois archers décochaient simultanément leurs traits de métal.

L'échine blanche de sueur, les yeux exorbités, les dents prêtes à déchirer, le grand coiffé, un dix-cors plus gros que tous ceux que Galeran avait vus, fonçait sur eux, les trois flèches vibrantes plantées dans son flanc.

Le chevalier et Broérec n'eurent pas le temps de décocher leur seconde pointe. Ils regardèrent, sans pouvoir intervenir, Drogon qui, jetant son arc par terre, courait en poussant un hurlement sauvage vers le vieux mâle.

Déconcerté par la présence des hommes, le cerf parut hésiter un instant, avant de charger le jeune hercule qui le défiait. Le choc allait être terrible. Galeran laissa tomber son arc désormais inutile, portant la main à son coutelas.

Évitant le large mufle et les bois acérés, Drogon sauta de côté et plantant sa lame dans le cimier puissant auquel il se suspendit de tout son poids, essaya de déséquilibrer l'énorme animal.

Entraîné par son élan, n'arrivant pas à se débarrasser de cet homme qui le fouaillait de sa lame, le vieux cerf traîna Drogon à travers la clairière avant de plier les genoux et de s'abattre d'un coup, un sang noir pulsant de son flanc et de sa gorge. Il poussa un dernier appel rauque, sa tête couronnée retombant sur le sol avec un bruit sourd.

Drogon qui n'avait pas lâché prise, avait sorti son poignard de la plaie, tailladant encore et encore le cou du vieux cerf aux yeux déjà fixes.

Rendu fou par la vue du sang, il colla ses lèvres à la blessure, buvant avidement la sève noire de l'énorme animal. Une odeur nauséabonde se dégageait du grand coiffé.

Broérec, immobile, une lueur trouble dans les yeux, regardait son fils agenouillé.

Quand Drogon se releva, la bouche rougie, son poignard sanglant à la main, Broérec se dirigea à pas lents vers le cerf. Il plongea son index dans la plaie béante et se tournant vers son fils traça une croix sanglante sur son front.

Thustan qui était resté immobile pendant l'affrontement, avait coupé trois rameaux de chêne pour rendre une dernière fois hommage à la bête et à son vainqueur. Il les trempa dans le sang qui coulait de la blessure et posa le premier sur l'échine du cerf, il glissa le second entre ses mâchoires pour son dernier repas et offrit le troisième à Drogon.

Galeran se rappela avoir entendu parler de cette antique coutume de la brisée, pratiquée par les chasseurs de l'empire germanique de Conrad III.

Le chevalier qui avait ramassé ses flèches pour les ranger dans son couire, s'approcha de l'animal. À ce moment, Drogon enfonça son couteau dans le large ventre pour le vider, libérant les entrailles qui glissèrent sur le sol. Malgré la puanteur qui montait du cadavre éventré, il nettoya soigneusement les cavités, coupant les testicules qu'il offrit en hommage à son père.

Sur un signe de lui, Thustan commença à sectionner le col du vieux cerf à grands coups de hache. Le sang jaillit encore, éclaboussant l'herbe de la clairière, répandant son âcre odeur alentour.

Les deux hommes commencèrent à dépecer la bête. Galeran leur prêta main-forte pour découper les quartiers de viande puis, une fois la besogne faite, se détourna pour s'essuyer, observant Broérec qui se tenait à l'écart, le visage fermé.

Il s'était assis sur une souche et n'avait plus bougé depuis la mise à mort. Il semblait perdu dans ses pensées. Le chevalier réalisa soudain combien Broérec avait finalement changé durant ces dix années passées à Vitré. Il pouvait bien garder sa grande gueule et son arrogance mais au fond, il n'était plus le même, quelque chose en lui s'était brisé. Jamais auparavant, il n'aurait cédé sa place à la traque ni même au dépeçage, encore moins à son propre fils !

Et Galeran comprit en un éclair que Broérec voyait sans doute en Drogon son plus dangereux rival. Il avait dû sentir cela dès son retour de captivité. Sous ses allures brutales, il ne manquait pas de finesse et quand il avait appelé le chevalier à la rescousse, c'était probablement pour se protéger des entreprises de son propre fils, et pour rien d'autre. Qui sait, si Galeran n'avait pas assisté ce jour-là à la traque, peut-être se serait-elle terminée sans témoin, d'une manière autrement tragique ?

Broérec était toujours assis sur sa souche, les yeux au loin.

Apparemment, la mise à mort du grand cerf ne le réjouissait point. Le superbe animal avait régné longtemps sur sa harde, écartant par la force ses jeunes rivaux. Pourtant sa fin brutale n'avait pris que quelques instants et maintenant, il n'était plus qu'une dépouille sanglante que se disputeraient bientôt les chiens de Drogon.

Broérec se leva lourdement :

– C'est curieux, grogna-t-il à l'adresse de Galeran. La traque ne me donne plus aucun plaisir.

Thustan était allé chercher les mastiffs qui se jetèrent sur les entrailles du cerf qu'ils dévorèrent en grognant férocement.

Défaisant la bande de tissu qui lui maintenait les reins, le valet d'armes y enveloppa les abats sanglants qu'il avait mis de côté. Chacun se chargea d'une pièce de gibier à ramener au camp. Drogon posa sur ses larges épaules la ramure du grand coiffé. Il ressemblait ainsi à Cernunnos, le dieu des Celtes, couronné de bois de cerf.

Les hommes prirent le chemin du retour en silence, Broérec toujours aussi sombre, Drogon épuisé et titubant de fatigue. Thustan était resté en arrière, surveillant les mastiffs qui achevaient de déchiqueter la carcasse du grand cerf.

16

Quand ils revinrent au camp, la journée était déjà bien avancée. Aussitôt Broérec s'était précipité pour savoir si son fils cadet était de retour. Comme il n'en était rien, il se retira sans un mot, emportant dans son lit clos un grand pot de sa funeste boisson.

Drogon ne valait guère mieux. Il alla s'écrouler sur sa couche pour cuver la drogue et le sang noir qui enflammaient ses veines. Un peu plus tard, Thustan se chargea avec un valet de porter les dépouilles du cerf à la réserve.

Quant au chevalier, il rendit visite à Quolibet. Il vit qu'on lui avait donné à boire et à manger et il se contenta de changer sa litière.

Puis il alla se laver à la citerne et retourna au donjon pour enlever ses vêtements tâchés de boue et de sang.

Arrivé dans son réduit, Galeran constata qu'on avait fouillé ses affaires.

Il saisit prestement son aumônière et l'ouvrit. Son sceau et ses deniers étaient toujours en place mais le parchemin que lui avait envoyé Broérec avait disparu.

« Ce n'était pourtant là qu'un message bien ordinaire », songea le chevalier et il se demanda qui pouvait bien avoir eu intérêt à s'en emparer… ou alors s'agissait-il d'un avertissement ?

« Nous verrons ça plus tard, se dit-il. En attendant, depuis ce matin, j'ai le ventre creux. Je vais aller trouver le vieux Cléophas et voir s'il peut m'offrir quelque chose de mangeable ! »

Galeran se laissa glisser par l'échelle jusqu'à la cuisine et aperçut une forme humaine tranquillement assise près de l'âtre, dans la mi-obscurité. C'était l'ancien intendant de Broérec. Le vieux tourna légèrement la tête, d'un air gêné. Il tenait d'une main une grosse saucisse roulée dans une appétissante galette et de l'autre un grand couteau.

– Eh bien, maître Cléophas, vous faites bombance ! dit le chevalier en riant.

Le bonhomme plissa malicieusement ses petits yeux gris en pointant son couteau vers les poutres noircies du plafond :

– Ils dorment tous là-haut. C'est comme ça à chaque fois qu'ils vont traquer… moi je suis en paix jusqu'à demain, ils sont fin saouls !

Le vieux fit mine de se lever :

– Mais vous, messire, vous ne prenez pas de l'herbe aux croisés ni de ces boissons qui sentent le pissat. Je vas vous servir là-haut.

– Sûrement pas, Cléophas ! dit Galeran en se laissant tomber sur le banc à côté du vieux. Je vais partager ton repas qui me paraît excellent et, pour tout dire, meilleur que l'ordinaire de ton maître !

Cléophas se leva, l'œil pétillant et se dirigea vers une sorte de grand saloir en bois dont il ôta le couvercle. Il en tira la moitié d'un jambon fumé et de belles galettes et donna le tout au chevalier.

– Vous comprenez, moi le gibier, j'en ai pardessus la tête. Ça troue l'estomac, c'est comme du poison tout ce sang noir. Y'en a qu'en meurent. Allez messire, servez-vous, c'est ma femme qui m'envoie ça de la Ferme.

De son côté, Galeran avait tiré de son aumônière, une flasque d'eau-de-vie qu'il tendit à Cléophas. Le vieux s'en saisit. Il renversa la tête en arrière et avala une goulée comme s'il s'agissait d'eau de source. Hochant la tête, il s'essuya la bouche avec sa manche :

– Ça réchauffe, pour sûr, dit-il en rotant de satisfaction.

– Ça vient de par chez moi, en Léon, dit Galeran en tranchant de larges tranches de jambon qu'il posa sur une galette. Le tout était excellent et fut vite terminé.

À côté de lui, Cléophas mangeait lentement. Il coupait la nourriture en petites bouchées qu'il avalait sans mâcher car il n'avait plus de dents.

– J'irai demain au hameau, dit Galeran, veux-tu que je bonjoure ta femme ?

– Hélas, marmonna Cléophas à qui sa solitude pesait. Ma Génovéfa, elle est là-bas et moi ici... Broérec ne veut pas de femmes au camp.

– Bien, mais veux-tu que je lui dise quelque chose ?

– D'abord, messire, ma femme, elle n'est pas au hameau, elle est à la Ferme avec mon fils, c'est à côté mais c'est pas pareil.

Le vieux avait pris le bras du chevalier et observait pensivement son visage. Au bout d'un moment, il dit comme à regret :

– Je sais que vous êtes venu à cause des pt'iots, messire, et moi je suis en grand souci à cause de Jestin... mais ici, y vaut mieux rien dire. Il faut se garder de partout, y'a des oreilles qui traînent !

Cléophas s'était tu, il hochait la tête en silence

d'un air entendu. Enfin, il murmura :

– J'enverrai mon petit aide, Titik, prévenir ma Génovéfa, elle vous attendra. Elle connaît des choses. Elle vous aidera si vous ne la rebutez pas. Elle est bien plaisante, vous verrez, ajouta le bonhomme avec un soupir.

– Je te remercie pour tout, Cléophas, dit le chevalier en se levant. Ne te tourmente pas trop en attendant. Et puis, Broérec est comme ça, il faut qu'il fasse la guerre à tout le monde !

– Oh, vous savez, il n'est point si mauvais que son démon de père, protesta le vieil homme, il aime ses enfants et c'est déjà beau. Le vieux, c'était Satan en personne. Il est mort dans la forêt, tout seul comme un chien. C'est là qu'on l'a trouvé et croyez-moi, sa vilaine gueule était noire comme du charbon, comme s'il était déjà en Enfer.

Le bonhomme but encore une gorgée d'alcool et ajouta :

– Broérec a beaucoup souffert par son père et après quand il a perdu sa dame… faudrait pas qu'il arrive quelque chose à Jestin.

Galeran regarda Cléophas avec douceur. De toute évidence, le brave homme ignorait ce qu'étaient la rancœur et la haine. Broérec l'avait abaissé, humilié, il l'avait séparé de sa famille et pourtant il trouvait moyen de le plaindre, comme s'il était étranger à ses propres malheurs !

Le chevalier tapa sur l'épaule du bonhomme :

– Sacré Cléophas ! Pour une fois, ton dîner était fameux… tiens, garde ma gourde !

Il se hâta de grimper à l'échelle et regagna son

réduit. Il ne fut pas plutôt étendu sur son lit de camp, qu'il sombra dans un sommeil sans rêve.

17

Le lendemain, tôt matin, le camp était silencieux. Galeran alla aux écuries pour équiper Quolibet. Au passage, il avait dérobé du jambon et une galette dans la réserve de Cléophas sans que celui-ci proteste, pour la bonne raison qu'il dormait du sommeil du juste, la gourde d'eau-de-vie du Léon posée sur le banc à côté de lui.

Dans la basse-cour, le chevalier ne vit que Thustan qui était accroupi non loin des écuries en train d'aiguiser le tranchant de sa hache. Il répondit par un grognement et un coup d'œil féroce au salut du chevalier.

– Eh bien le Thustan, tu n'es guère bavard ce matin ! Tu penses à ton bon ami de la forêt qui veut te tirer comme un conil ? dit Galeran en sautant en selle.

L'autre se contenta d'envoyer un jet de salive sur le fil de son arme et ne répliqua pas.

Galeran se fit ouvrir le pont-levis par deux gaillards à la mine ensommeillée. À peine sorti du camp, il n'eut pas de mal à repérer la sente du Louarn et se dirigea vers le hameau de Huelgoat en mettant son cheval au petit trot.

Apparemment, les guetteurs n'avaient pas cru

bon de signaler l'approche du chevalier. Des volutes de fumée montaient des toits et tout semblait paisible. Galeran croisa un jeune garçon accompagné d'un chien qui menait son troupeau de chèvres vers la lisière de la forêt.

Des vieilles étalaient du linge fraîchement lavé sur les haies entre les longères ou le posaient à même l'herbe rase, au soleil.

Deux hommes armés de fourches sortirent de derrière une longère et vinrent au-devant du chevalier, lui barrant le passage.

– Holà, messire, où allez-vous ?

– Holà, les hommes, par chez moi, on se salue d'abord ! Je suis chevalier léonnais et viens en paix en votre hameau.

– C'est que nous n'aimons guère les gens qui rôdent et encore moins s'ils sont chevaliers, dit le plus jeune, un robuste gaillard au teint rougeaud.

– Le vieux Cléophas m'avait annoncé meilleur accueil, dit le chevalier sans broncher.

– Ah, le Cléophas, y vient même plus voir sa femme et son gosse… mais baste, vous venez de sa part ?

– Peux-tu m'indiquer le chemin de la Ferme de Génovéfa, dit Galeran.

Les deux hommes hésitaient encore. Galeran fit avancer son destrier qui poussa du museau les fourches croisées des deux paysans.

– Allons, assez perdu de temps, les hommes. Où habite la femme ?

– Faut prendre derrière les cairns, ensuite c'est tout droit à travers bois, messire, répondit le plus âgé en baissant sa fourche.

– Merci les hommes, dit le chevalier en les saluant et en poussant son cheval dans la direction indiquée.

Il sentait peser sur lui les regards hostiles des villageois mais personne n'essaya de l'arrêter.

18

La Ferme, comme on l'appelait, se trouvait à plus d'une lieue du hameau, au bout d'un chemin creux.

De vieux arbres abattus par les rudes tempêtes hivernales pourrissaient à terre, gênant le passage en plusieurs endroits. D'autres, étouffés par le lierre, penchaient dangereusement au-dessus des fougères et des orties du hallier.

Enfin, les broussailles se firent moins épaisses, Quolibet sauta ce qui avait dû être un talus de terre et ils se retrouvèrent dans une vaste clairière, bien entretenue. La Ferme se dressait au milieu.

Le chevalier fut étonné de la taille imposante du bâtiment. Il lui sembla que c'était une ancienne grange dîmière fortifiée avec, à la base, son appareillage de granit et au-dessus ses murs de petits moellons solidement cimentés. De toute évidence, les Romains étaient encore passés par là !

Un mur vétuste entourait une grande cour et des étables couvertes de chaume. À côté, il y avait les ruines d'une tour carrée qui donnaient à l'ensemble un air de tristesse et de solitude. Galeran mit pied à terre et comme il se dirigeait vers la porte charretière, il vit qu'elle était entrebâillée et qu'une figure aimable le guettait au travers.

C'était un jeune garçon qui s'avança aussitôt vers lui et le salua avec empressement :

– Puis-je prendre votre cheval, messire ? Ma mère vous attend à l'intérieur.

– Tu es donc le fils de Cléophas ?

– Vous l'avez dit, messire, on me nomme Yann.

Il s'était emparé de la bride de Quolibet et flattant l'animal :

– Vous avez un beau cheval, messire, il est pour la guerre ?

Le garçon pouvait avoir dans les quinze ans et ses yeux brillaient comme deux perles d'ambre.

– En effet, il est pour la guerre, dit le chevalier, mais pour la paix aussi, heureusement !

La grande salle de la Ferme était sombre, éclairée seulement par la porte ouverte et une fenêtre étroite donnant sur la cour. Mais elle était dallée et bien meublée avec ses deux grands coffres où traînaient quelques manuscrits et un instrument de musique, un psaltérion et son plectre. Sur la grande table bien astiquée, on avait disposé un pichet et des coupes en étain ainsi que des galettes aux noix et un plat de grès empli de mûres.

L'hôtesse se tenait debout à côté, grande et mince dans son bliaud de drap bleu vif, ajusté à la taille. Sa coiffe d'un blanc immaculé, encadrait un beau visage sans âge, aussi lisse qu'un galet. Elle semblait s'amuser de l'air surpris du chevalier. Pourtant, il s'aperçut que ses doigts minces tremblaient. Lui aussi se sentait nerveux. Il avait enfin devant lui un témoin, peut-être le seul disposé à parler, et il se demandait comment l'aborder sans l'effaroucher.

Il n'eut pas à prendre cette peine. La femme après avoir versé l'hydromel, l'invita à s'asseoir d'un geste gracieux et s'installa à table, en face de lui.

– C'est mon hydromel fait avec le miel de mes truncos, dit-elle.

– Vos truncos ?

– Par chez vous, on ne fait pas le miel comme ça ? Ici, on creuse les troncs d'arbres pour que les abeilles y nichent et on appelle ça les truncos.

Après l'avoir humé, Galeran porta l'hydromel à ses lèvres et dut reconnaître qu'il n'en avait jamais bu de meilleur.

La femme se leva, alla fermer la porte. Puis elle se pencha à la fenêtre, regardant à droite puis à gauche. Enfin, elle revint s'asseoir avec un soupir de satisfaction.

– Vous vous demandez, messire, ce que je fais ici ? dit-elle en lui adressant un regard empreint de gravité.

– Par ma foi, dame Génovéfa, cette demeure me paraît bien isolée dans un pays qui est loin d'être sûr.

– Elle ne l'a pas toujours été, messire. Il y avait là une petite garnison et autour un bon rempart de terre. Aujourd'hui, je dispose de trois valets de ferme et d'une vieille servante et ne me connais point d'ennemi.

– Je vous entends bien… mais Cléophas ?

Elle baissa les yeux en tripotant la chaîne d'or qui pendait à son cou.

– Mon vieux mari ? dit-elle en souriant vaguement. Bon, je vois qu'il me faut tout conter. Sachez donc que ma mère par le sang était une lointaine cousine du seigneur Broérec. Elle avait épousé un riche marchand, originaire de Bures, près de la Dives… un pays de marais, mais animé et point sauvage comme le Yeûn. Quand j'entrais dans ma dixième année, mes parents et leurs serviteurs furent tués dans la forêt du Perche par une bande de détrousseurs. Je fus alors confiée à une tante de mon père nommée Emmeline qui vivait à Caen, tout près de l'Abbaye aux Dames. Là, j'ai appris à lire, à compter, à faire de la musique… et aussi le latin. Lorsque dame Emmeline est morte, elle était très vieille, plus de cinquante ans, je crois, elle m'a laissé tous ses biens. J'avais quinze ans, j'étais seule et, ma foi, bien argentée.

C'est là que le seigneur Broérec a fait son entrée. Il décréta qu'il était mon seul parent et prendrait soin de moi et il m'amena dans son repaire.

À l'époque, il était jeune lui aussi et très beau. Il venait de se remarier à dame Mechtilde et pensait que je lui tiendrais compagnie et l'aiderais à tenir sa maisonnée.

– Mais pardonnez-moi, ma dame, dit le chevalier, Broérec aurait donc été déjà marié ?

– Pour sûr, sa première femme était morte en couches, la pauvrette, en engendrant ce porc de Drogon !

Les yeux de Galeran croisèrent ceux de dame Génovéfa.

– C'est donc cela, murmura-t-il.

– C'est cela, dit la jeune femme en redressant les épaules.

– Mais je vous en prie, continuez. Tout ceci est de la plus grande importance.

Un bon moment s'écoula avant qu'elle ne poursuive à mi-voix :

– Quand vous voyez le nid de corneilles qu'est devenu le château vous ne pouvez pas imaginer comment dame Mechtilde et moi-même l'avions transformé à l'époque. On y faisait bonne chère, nous dansions, nous invitions d'autres seigneurs. La forêt alentour était belle et bien soignée, on pouvait s'y promener en toute tranquillité. Les terres rendaient bien car les serfs y trouvaient profit et n'étaient pas maltraités. Cléophas était encore jeune et il était l'homme de confiance de Broérec. Il m'aimait et je fis connaissance de ses belles qualités conjugales car depuis nos épousailles, il m'a toujours apporté grand réconfort et protection. J'avais une belle dot et messire Broérec nous donna en cadeau la Ferme et les alentours.

La voix de dame Génovéfa était devenue lointaine, les couleurs s'étaient retirées de son visage :

– Comme la vie est étrange, messire chevalier, dit-elle d'une voix morte. Comment aurais-je pu imaginer alors, que de mon vivant, je verrais tout ce bonheur, tout cet amour, ruinés en si peu de temps. Et pourtant, c'est ce qui est arrivé !

Elle se saisit de sa coupe d'hydromel et la vida d'un trait :

– Savez-vous ce qu'est la jalousie, messire chevalier ?

– Oui, sans doute…

– Non, messire, la jalousie, la vraie, personne ne peut savoir ! La jalousie, c'est une douleur intolérable, on l'attrape comme la lèpre et on n'y peut rien, elle nous ronge…

Elle secouait la tête. Ses yeux d'ambre, les mêmes que ceux de son fils, étaient fixés sur le chevalier :

– Broérec, cette maladie, il l'a attrapée en épousant la belle Mechtilde. Il faut dire que la belle ne lui savait gré de l'avoir enlevée de force à sa famille. D'abord, ça ne paraissait pas trop. La guerre le tenait souvent éloigné mais sa dame, avec sa froideur, le tenait encore plus et il en devenait fou… Voyez-vous quelqu'un jaloux de l'escabeau sur lequel sa dame s'assoit ou du cheval qu'elle se plaît à monter au point de tuer le pauvre animal… ou encore d'égorger sur-le-champ le chien qu'elle caresse. Voilà où il en était rendu. Lui qui avait forcé tant de femmes, se trouvait bien placé pour imaginer ce que pourrait faire la sienne en son absence… Il était puni, le pauvre diable, par où il avait pêché !

Dame Génovéfa se tut brusquement et rien cette fois ne semblait devoir la faire sortir de son silence.

Au bout d'un long moment, le chevalier se risqua :

– Madame, je vous remercie de votre confiance. Mais voyez-vous, je suis venu vous demander plus… pourriez-vous me dire si vous avez vu récemment le jeune Jestin. Son père se ronge les sangs à son sujet.

– Pourquoi vous répondrais-je ? dit-elle froidement.

– Parce que l'on m'a rapporté que vous vous occupiez souvent de lui et que même vous l'aviez aidé à venir au monde.

– Cela est vrai. Je l'ai aussi nourri de mon lait et lui ai encore appris à lire et à écrire. Il est instruit, pas comme son illettré de frère.

– Elle est très intelligente, n'est-ce pas ? dit doucement le chevalier.

Les yeux d'ambre s'écarquillèrent et la femme s'exclama :

– Je ne comprends pas !

– Oh si, madame, il faut être aveugle pour ne pas deviner qui est vraiment Jestin !

– Qu'attendez-vous de moi, chevalier ? dit-elle.

– La vérité et le moyen de sauver Jestin… et beaucoup d'autres vies avec la sienne !

Elle haussa les épaules :

– Bon, puisqu'il en est ainsi, dit-elle, alors écoutez-moi parce que ensuite je me tairai pour toujours. Vous avez vu que Broérec a chassé toutes les femmes de sa demeure, il les traitait de catins, de corruptrices, de mères maquerelles… De plus, il s'est entiché de ce maudit Thustan qui est un diable, un gare lou… Moi, il me respectait parce que je lui tenais tête et quand j'en ai eu assez, j'ai quitté le château et je me suis installée à la Ferme. Alors, il s'est vengé sur Cléophas et l'a ravalé au dernier rang !

– Tout cela est bien dans son genre, mais sa malheureuse femme ?

– La pauvre ne respirait que lorsqu'il n'était pas

là… mais elle sentait bien que tôt ou tard, sa mort viendrait. Qu'il serait pris d'une de ses rages folles et la tuerait, car, en plus, il s'était mis à boire comme un trou. Quand elle a été sur le point d'enfanter pour la première fois, le seigneur Broérec était encore parti guerroyer je ne sais où. Elle est donc venue à la Ferme et je l'ai délivrée de mes propres mains, avec l'aide de Cléophas. Mais quand nous avons vu le sexe de l'enfant, nous ne savions plus à quel saint nous vouer. Je dois vous dire que quelques jours auparavant, un sien cousin, messire Siegfried, était arrivé lui aussi à la Ferme. Je l'avais déjà vu dans notre pays un an auparavant. Il venait de la province du Harz comme dame Mechtilde et était accompagné d'une trentaine d'hommes bien montés et armés jusqu'aux dents. Un de ses cousins, enfin, je ne sais pas trop. Ce dont je suis sûre, c'est qu'il était grand et beau comme l'Archange et qu'avec elle, il était doux comme une fille. Ce que je sais encore, c'est que cinq jours après les couches, il n'y avait plus à la Ferme, ni dame Mechtilde ni messire Siegfried… il ne restait plus que la pauvre Ninian ! Avec Cléophas, nous n'en dormions plus. Je nourrissais encore mon fils qui avait six mois, j'ai donc allaité la petite et c'est comme ça que nous avons décidé que Ninian deviendrait Jestin.

– Mais Broérec, dit le chevalier, comment a-t-il pris la disparition de sa dame ?

– Il était comme assommé et on aurait dit aussi presque soulagé, comme un malade qui se serait trouvé guéri de ses souffrances. C'est étrange, vous ne trouvez pas ?

– Vous ne lui avez pas parlé du fameux cousin ?

– Non, bien sûr que non. Je lui ai seulement dit que dame Mechtilde n'avait pas attendu ses relevailles, qu'elle était partie, qu'elle s'était envolée et qu'on n'avait pu la retrouver nulle part, qu'elle s'était peut-être jetée dans le Youdik… alors, il a secoué la tête et il a répondu comme un païen qu'il est : « Elle peut bien être en Enfer, j'irai la chercher ! » Je n'oublierai jamais la façon dont il m'a alors regardée et j'ai prié, à part moi, pour qu'il ne la retrouve jamais.

Même encore aujourd'hui, il la cherche, sortant souvent à nuitée avec ce gare lou de Thustan. À l'entendre chevaucher ainsi, à la nuit noire, les paysans d'ici croient que c'est la chasse Hellequin, la chasse des damnés, qui passe devant leurs portes !

« Ainsi, songeait Galeran, quand dix ans plus tôt, Broérec vantait les charmes de sa dame à ses compagnons, celle-ci l'avait déjà quitté depuis longtemps. Et maintenant, il prétendait qu'elle était morte… »

– Vous avez donc gardé la petite ? demanda-t-il encore.

– Oui, un long temps. Mais Broérec s'est accroché à l'enfant. Il n'y a vu que du feu. Il en était ensorcelé. Chaque fois qu'il pouvait, il venait le visiter. Il faut dire que Ninian, enfin Jestin, s'est toujours tenu ferme dans son rôle. Elle était plus vive et plus robuste que mon fils qui est pourtant son aîné. C'est comme ça les filles, messire, et puis les gars les dépassent et deviennent plus forts qu'elles. Un jour, Broérec l'a emmenée au château, ça devait arriver.

Le chevalier se leva et s'approcha de dame Génovéfa :

– Vous aimez cette enfant, dit-il. Savez-vous qu'elle est en grand danger ?

La femme frissonna :

– Non, murmura-t-elle. Tant que je me tairai, elle n'aura rien à redouter.

– Mais vous aussi, ma dame, vous êtes en grand danger car vous en savez beaucoup trop. Pourquoi ne quittez-vous pas cet endroit isolé ? Vous pourriez aller dans une ville et y vivre avec votre époux qui est un homme libre et votre fils, vous en avez les moyens. Ou alors, confiez-vous à moi tout de suite !

Elle hocha la tête d'un air sombre et il comprit qu'elle ne lui dirait plus rien.

19

À Saint-Herbot, où le chevalier alla ensuite, la révolte grondait. Les villageois, prévenus par leurs guetteurs, attendaient le cavalier, lui barrant le passage.

Le chevalier retint son destrier et se retrouva au milieu d'un cercle d'hommes et de femmes aux visages farouches. Les villageois tenaient des fourches et des gourdins dans leurs poings serrés.

La mort tragique de la petite Fanchon que l'on

venait de porter en terre à Lannédern avec l'autre enfant, avait achevé d'échauffer les esprits. Au milieu de l'horreur qui les environnait depuis plusieurs lunes, c'était la goutte qui faisait déborder la coupe.

Ces hommes courageux avaient supporté du mieux qu'ils avaient pu les brimades et les insultes de Broérec et de ses séides, mais maintenant, ils n'avaient plus peur, ils étaient animés par une haine farouche contre celui qu'ils considéraient désormais comme leur pire ennemi et comme un criminel perdu pour Dieu.

Tout cela Galeran le comprit en un instant et il se demanda si la hargne des paysans n'allait pas se retourner contre lui.

– Paix à vous, dit-il en poussant légèrement son cheval en avant. Je suis chevalier léonnais, mon nom est Galeran de Lesneven. Je suis venu pour vous aider.

– Prouve-le, clama un vieux en montrant le poing. Hier, tu étais au côté du seigneur et de son damné fils, on t'a vu.

Un murmure d'approbation se répandit dans les rangs des paysans.

– Si vous ne m'en croyez, demandez au père Gwen à Lannédern, il vous dira qui je suis.

À l'énoncé du nom du père Gwen, un semblant de calme revint parmi les villageois.

– Je suis là pour trouver le coupable de ces crimes et de tous ces deuils. Je veux savoir qui a tué Fanchon et les autres innocents et j'ai besoin de votre aide pour cela, continua le chevalier en martelant ses mots.

– Tu es un ami de ce Drogon, dit un des anciens en exhibant le moignon de jambe que lui avait laissé un des mastiffs. C'est ainsi qu'il vient chercher ses redevances avec ses chiens d'Enfer !

– Je ne suis l'ami de personne. Mon roi est le Christ et sa justice, dont je suis le franc chevalier ! Je viens chercher celui qui tue, pour le punir. Si c'est un fils de votre seigneur ou votre seigneur lui-même, je le punirai tout aussi bien, dit le chevalier avec assurance en portant la main à la garde en forme de croix de son épée.

Les paysans parurent impressionnés par cette déclaration et par le maintien sévère de ce chevalier, qui ne ressemblait à aucun de leur parage.

Ils s'écartèrent pour laisser passer un petit homme vêtu d'une chasuble marron qui leur fit signe de se disperser, ce qu'ils firent aussitôt en silence.

– Salut à vous, chevalier. Pardonnez notre accueil et venez en ma demeure. Je suis Gweltaz Ar Fur, les gens d'ici me considèrent comme leur chef.

Malgré sa petite taille, l'homme avait l'air digne et en imposait. Son visage ridé était orné d'une longue barbe blanche qu'il tressait encore à la mode carolingienne. Ses yeux gris pâle détaillaient sans gêne le visage du chevalier. D'emblée, les deux hommes sentirent qu'ils pourraient compter l'un sur l'autre.

Ar Fur le fit entrer dans la petite chapelle qui lui tenait lieu de demeure et ferma la porte sur eux.

– Parlons franc, chevalier. Je ne suis pas homme de grands discours. Vous cherchez celui qui tue, nous le voulons trouver. Comment pouvons-nous vous être utiles ?

– J'apprécie votre franchise, Gweltaz. J'aimerais que vous me racontiez à votre façon ce qui se passe dans le pays depuis quelque temps, depuis que les premières disparitions ont eu lieu.

– Asseyez-vous messire, dit l'ancien en lui désignant un vieux banc où il prit place au côté du chevalier.

Gweltaz raconta en quelques phrases courtes ce que Galeran savait déjà. À savoir que les paysans ne voulaient plus payer les redevances ou faire les corvées pour un seigneur qui ne les protégeait plus.

Il lui conta aussi que, depuis que Cléophas avait été déchargé de l'intendance, Drogon s'était mis en tête de pressurer lui-même les paysans. Réclamant deux fois les mêmes redevances, lançant ses chiens aux trousses des récalcitrants et même violant les femmes qui ne pouvaient plus sortir du hameau sans protection. Seul Lannédern, protégé par son enceinte sacrée et surtout par la présence du père Gwen, résistait encore aux manœuvres et à l'avidité du jeune seigneur.

Depuis le retour de son père, Drogon n'osait plus agir aussi ouvertement mais avait tout de même obtenu de Broérec l'autorisation de devenir l'intendant de ses terres.

De son côté, Gweltaz qui se méfiait des manigances des seigneurs, voyant que les pauvres maisons ne pouvaient faire obstacle aux guerriers, avait mis sur pied un réseau de guetteurs qui surveillaient les sentes et le camp fortifié de jour comme de nuit.

Ainsi, comme l'avait pu constater Galeran, à l'approche des gens d'armes, les villages de Saint-Herbot et de Huelgoat, se vidaient, ne laissant pas même une chèvre pour le pillage.

Mais Gweltaz, en homme sage qu'il était, pensait que la situation ne pouvait plus guère durer. Il savait aussi que, malgré ses incitations à la paix, les paysans projetaient d'en finir une fois pour toutes avec Broérec et son fils Drogon.

– Et le deuxième fils, Jestin, vous ne m'en avez pas parlé. Quel est votre sentiment à son égard ? demanda le chevalier.

– Oh, le seigneur Jestin, c'est un furtif. Vous le voyez apparaître que vous ne l'avez pas entendu venir… et puis il a été élevé par dame Génovéfa en même temps que son propre fils. Il a, comme elle, nos gens en pitié et ici, on l'estime bien. Il est même venu, un hiver, avec une carriole pleine de tourbe afin que nous ne mourions pas de froid. Ni son père ni Drogon n'en ont rien su. Cet enfant est un Juste.

– L'avez-vous vu récemment ?

– Non, pourquoi ?

– Il n'a pas reparu au château depuis hier matin. Promettez-moi Gweltaz de me prévenir si vous ou vos guetteurs le repèrent.

– Je vous en fais serment, chevalier.

– Qui sont les enfants qui ont disparu de vos hameaux ?

– Les deux fils de la Janik, deux robustes gaillards de douze et quatorze ans et un garçon à Huelgoat.

– Ne s'est-il rien passé d'anormal au moment de leurs disparitions ?

– Non, je ne vois pas, dit Ar Fur en fronçant les sourcils.

– Réfléchissez Gweltaz et si vous vous rappelez quelque chose, prévenez-moi par Titik, le gamin qui travaille avec Cléophas, il va souvent à la Ferme de Génovéfa.

– Vous avez rencontré Génovéfa ?

– Oui, ce jourd'hui. Cléophas a bien de la chance.

– C'est vrai, dit le vieux Gweltaz, mais c'était un brave et bel homme en son temps quand il gérait le fief. Nous étions en paix.

– Pour en revenir à Génovéfa, je ne la crois pas en sécurité à la Ferme, elle est trop isolée.

– C'est vrai, mais savez-vous, chevalier, que je lui ai proposé de nous rejoindre avec son garçon moult fois. C'est une tête dure. Elle n'a jamais voulu.

– Si vous en êtes toujours d'accord, je vais insister et lui demander moi-même de venir ici dans l'intérêt de son enfant, il y a trop de danger et ma présence ne le fait qu'accentuer.

– Elle sera bien reçue, je vous en fais promesse. Mais que voulez-vous dire ?

– Je crois, Gweltaz que les assassins sentent que la chasse est ouverte, que bientôt les règles vont changer et qu'ils pourraient bien devenir à leur tour du gibier. Et cela ne leur convient guère !

– Vous ne serez pas seul, chevalier ! Nous vous prêterons main-forte dès que vous nous en ferez requête.

– Je le crois Gweltaz Ar Fur, dit le chevalier en se levant.

Le vieil homme paraissait réfléchir, la mine soudain plus soucieuse.

– Chevalier, je me rappelle quelque chose…

– Quoi ?

– Eh bien, ce drôle de berger, Kaourintin, qui s'est installé à Lannédern, est venu prêcher dans nos villages. Il était déjà entouré d'une troupe d'enfants… D'où sortaient-ils tous ceux-là ?

– J'y ai pensé aussi, c'est d'ailleurs pour cela que je dois retourner à Lannédern. Quelle impression vous a fait ce jeune gars ?

– Oh lui, il paraît sincère. Par contre, je n'aimais guère le masque de celui qui l'accompagnait. Aussi sombre que le berger paraît clair.

– Le père Gwen m'a juste dit que Kaourintin a été visité par Dieu…

– Plus que cela, chevalier, Kaourintin prêche la croisade ! Il veut emmener ces enfants jusqu'en Terre Sainte. Il se moque des dangers qui les attendent et du chagrin des parents.

– Jusqu'en Terre Sainte !

– Oui. Cela m'étonne que tant de gens aient laissé partir les enfants, à moins que…

– À moins que les enfants se soient enfuis d'eux-mêmes pour rejoindre Kaourintin et qu'ils viennent de fort loin, soupira le chevalier. Il faut que j'aille à Lannédern sans plus tarder. Mon ami, j'ai comme un mauvais pressentiment. À Dieu.

– Qu'Il vous ait en sa Sainte Garde, messire chevalier.

20

Quand le chevalier arriva à Lannédern, il sentit tout de suite que quelque chose avait changé, sans bien arriver à définir quoi.

En voyant le père Gwen venir à lui, il réalisa que le village paraissait moins peuplé que la dernière fois.

– Ils sont partis, n'est-ce pas ?

– Oui, mon fils, répondit le prêtre en le saluant.

– Excusez-moi, mon père, j'en oublie les usages. J'ai le sentiment, voyez-vous, que ces enfants sont la clé de tout ce qui nous tourmente.

– Que voulez-vous dire, chevalier ?

Galeran sauta de cheval, et attachant la bride à une souche, prit le vieux recteur par le bras.

– Mon père, parlez-moi de Withénoc.

Le vieil homme pâlit mais ne dit mot.

– Il est parti avec eux, n'est-ce pas ? insista le chevalier.

– Cet homme est un démon, mon fils, et moi, je suis coupable de grande lâcheté !

– Vous le connaissiez auparavant ?

Le vieux prêtre parut hésiter, un tremblement convulsif agitait ses mains.

– La vie de ces pauvres enfants est peut-être en jeu, mon père, vous n'avez plus le droit de vous taire ! s'exclama Galeran avec impatience.

– Je ne sais pas grand-chose, plaida le père Gwen. C'était, il y a une dizaine d'années, à Landévennec.

– L'abbaye bénédictine ? Quel est le rapport

avec frère Withénoc ?

– En ce temps-là, Withénoc portait la robe des bénédictins et quand je l'ai rencontré pour la première fois, il était emprisonné à l'abbaye.

– Emprisonné ? Continuez, mon père, dit Galeran voyant que le vieil homme hésitait.

– Notre paroisse dépend de Landévennec et j'étais l'invité du frère abbé à l'époque. Le scriptorium de l'abbaye possédait un évangéliaire très ancien et de grande valeur. Ce livre saint avait disparu et chose plus grave encore, un moine copiste avait été trouvé mort dans la salle du scriptorium. L'abbé était sûr de la culpabilité de frère Withénoc mais ne possédait aucune preuve contre lui. Il l'avait donc fait enfermer et pensait le livrer aux autorités séculières.

– Que s'est-il passé ensuite ?

– Withénoc devait posséder des complices à l'intérieur du couvent car, un beau matin, on a retrouvé la porte de sa cellule ouverte et l'oiseau envolé.

Un long moment passa puis le père Gwen poursuivit :

– Quand Withénoc est arrivé ici avec Kaourintin, je ne l'ai pas tout de suite reconnu. Il prenait tellement soin de cacher son visage.

– Lui, par contre, vous avait reconnu ?

– Oh oui, je crois même qu'il n'a pas choisi ce village par hasard. Mais il faut que vous compreniez, dans cette affaire, je n'étais sûr de rien. À Landévennec, il avait peut-être été victime d'une fausse accusation, je ne me sentais pas le droit de le juger. Et puis, que Dieu me pardonne, cet homme me faisait peur, dit le vieil homme.

– Et après ?

– Oh, après, le doute n'était plus permis. Quand il a compris que je l'avais identifié, il m'a menacé de mort mais surtout il m'a dit qu'il tuerait Kaourintin ! Alors, je n'ai plus rien osé faire si ce n'est me tenir éloigné du berger car le moine ne voulait pas que je l'approche.

– Et le berger dans tout ça ? Il ne sait pas à qui il a affaire ?

– Non, Kaourintin est un pur, un innocent.

– Mais que peut bien vouloir un homme comme Withénoc à cet enfant ?

– Je n'en sais rien, mais questionnez la jeune Armelle, chevalier. Elle était très amie avec le berger. Peut-être en sait-elle plus que moi.

– Merci mon père. Que Dieu vous protège.

– C'est surtout vous qui avez besoin de protection, chevalier. Je prierai pour vous et aussi un peu pour moi, murmura le vieil homme en retournant vers son église à pas lents.

La jeune Armelle était assise sur un banc de pierre devant l'auberge de ses parents. Elle n'entendit pas venir le chevalier qui s'arrêta non loin d'elle et qui l'observa.

– Je vous souhaite le bon jour, damoiselle, dit gentiment Galeran.

La jeune fille sursauta, comme prise en faute, et se mit vivement debout en lissant ses jupons.

– Bonjour messire chevalier. Je ne vous avais pas entendu.

– Non, dit le chevalier en souriant, vous étiez,

ce me semble, perdue dans de sombres pensées.

Elle ne répondit pas, se contentant de rester tête baissée.

– Ne rougissez pas, Armelle. Et ne vous ensauvez comme l'autre fois, j'ai besoin de votre aide.

– En quoi puis-je vous aider, messire chevalier ? demanda la jeune fille en plantant soudain ses jolis yeux dans ceux du chevalier.

– J'ai besoin de retrouver Kaourintin et les enfants. Je suis inquiet pour eux.

La jeune fille pâlit et porta la main à sa poitrine.

– Il est arrivé quelque chose à Kaourintin ?

– Non, Armelle pas encore, que je sache, mais je veux parler avec lui.

– Mais ils sont partis matin, messire.

– Je le sais, je viens de m'entretenir avec le père Gwen. Pouvez-vous me dire dans quelle direction ils sont partis ?

La jeune fille hésita puis, comme si elle avait décidé de faire confiance au chevalier, se mit à parler très vite :

– Hier soir, j'ai rencontré Kaourintin. Il m'a dit qu'ils allaient s'en aller à l'aube. Je voulais les accompagner mais il a refusé. Il sait combien mes parents ont besoin de moi depuis que Fanchon est morte.

Après un silence, la jeune fille poursuivit :

– Kaourintin m'a dit qu'il s'était disputé hier avec Withénoc. Kaourintin n'a plus confiance dans le moine, mais il ne sait comment s'en débarrasser, il le craint beaucoup…

– Quelle route ont-ils pris ?

– Aucune, je me suis levée matin pour voir Kaourintin, mais ils étaient déjà partis. Les guetteurs m'ont dit qu'ils avaient coupé par les bois vers le Roc'h Begheor. J'ai essayé de les rattraper et savez-vous chevalier, une chose étrange, c'est eux qui m'ont rattrapée !

– Que voulez-vous dire, Armelle ?

– J'avais perdu leur piste et j'allais faire demi-tour quand j'ai entendu un bruit de branches cassées devant moi. Je me suis jetée dans les buissons. Eh bien, croyez-moi, c'était eux qui venaient vers moi !

– Ils avaient fait demi-tour ?

– Ils prenaient la direction de l'Ar Menez Reûn Dû, ils avaient fait une grande boucle.

– Vous l'avez dit à Kaourintin ?

– Je n'ai pas osé lui parler. Il marchait au côté du moine. Je suis restée cachée.

– Croyez-vous qu'il se soit aperçu de ce qui se passait ?

– Peut-être, Kaourintin n'est pas d'ici mais il a un bon sens de l'orientation. Il sait se diriger. C'est cet horrible moine qui manigance quelque chose, chevalier.

– Qu'avez-vous fait ensuite ?

– Je suis rentrée. Ma mère est tellement mal depuis la mort de ma sœur, elle en mourrait si je disparaissais.

– Bon, Armelle, je dois repartir. Une dernière question, avez-vous vu Jestin, ces jours-ci ?

– Oh non, messire. Vous le cherchez ?

– Oui, il n'est pas rentré au château et personne ne sait où il est. Faites savoir à tous ici que je le cherche. Gweltaz Ar Fur vous aidera à me joindre.

– Vous avez vu le Gweltaz ?

– Oui, et j'ose le compter pour un allié, tout comme vous, Armelle.

– Oh oui, messire. Ramenez Kaourintin et les enfants, je vous en supplie, dit la jeune fille en se tordant nerveusement les doigts.

– Calmez-vous, damoiselle. Je les retrouverai. Pour le moment, je dois retourner au camp. Gardez-vous, ma belle.

Puis avec un sourire malicieux, le chevalier demanda à la jeune fille en lui prenant le menton :

– Kaourintin sait-il que vous l'aimez ?

– Oh, chevalier ! s'exclama la jolie Armelle.

Puis tout bas :

– Non, il ne le sait et lui, il ne pense qu'à Dieu…

Quand Galeran se retourna sur sa selle, pour regarder une dernière fois le village, la petite silhouette d'Armelle était toujours immobile devant l'auberge.

21

Partis peu après l'aube à travers la forêt, les enfants venaient de faire halte dans une clairière bordée de hautes fougères.

Le soleil était au zénith et Kaourintin avait fait sortir les provisions que les plus forts portaient dans leurs baluchons.

Withénoc s'était installé un peu à l'écart, mangeant une miche de pain et des oignons, tout en surveillant le groupe d'enfants.

Comme à leur habitude, les plus jeunes s'étaient regroupés autour du jeune berger. Fatigués par la course, ils mangeaient en silence.

Seul un petit groupe, composé de Goranton, d'Anna et des plus âgés, pressait Kaourintin de questions.

– Que faisons-nous encore dans la forêt, demanda Anna avec bon sens. Et pourquoi avons-nous coupé à travers bois ? Nous devrions avoir rejoint ou dépassé Carhaix.

La petite brunette, les cheveux en bataille, dévisageait le jeune berger avec aplomb. Issue d'une famille aisée de Carhaix, Anna avait l'esprit vif et la repartie facile. Habillée comme un garçon avec des braies et une épaisse cotte de laine, elle en imposait à ses camarades par sa détermination et sa foi. Elle avait toujours pensé qu'elle deviendrait moniale comme sa tante et quand Kaourintin avait prêché sur le marché de Carhaix, elle l'avait suivi sans hésiter.

– J'ai déjà posé cette question à Withénoc, Anna, dit Kaourintin. Il paraît que les hommes de Broérec patrouillent sur les sentes. Mieux vaut être prudent et rester à couvert.

– Pour moi, dit Goranton, j'ai l'impression que depuis que nous avons quitté Lannédern, nous tournons en rond, pas toi ?

– Non, dit fermement Kaourintin en le foudroyant du regard. Viens, j'ai à te parler Goranton.

Goranton hésita, mais sentit Kaourintin si préoccupé qu'il le suivit à l'écart sans rechigner.

– Qu'y a-t-il, Kaourintin ? Qu'as-tu à me dire que nos compagnons ne peuvent entendre ?

– Arrête de poser des questions, Goranton, dit le jeune berger d'un ton impérieux. Tu vas inquiéter inutilement ces gosses.

– Mais tu as bien vu…

– Je ne suis pas sot, le coupa Kaourintin. Je sais que tu as raison. Nous avons tourné en rond depuis ce matin. Et je voudrais bien savoir pourquoi. Je n'arrive pas à tirer un mot à Withénoc. Depuis que nous sommes partis, il n'a pas desserré les dents. Il faut que nous ouvrions l'œil. Préviens Anna, elle a suffisamment la tête sur les épaules, elle peut nous être utile. Il ne faut à aucun prix que nous inquiétions les autres, nous sommes leurs guides, Goranton et nous répondons de leurs vies sur la nôtre.

– Toi surtout, Kaourintin ! C'est toi qui a prêché la croisade !

– Je ne le sais que trop bien, Goranton. Mais j'ai besoin de ton aide, tu as toujours été un fidèle compagnon et Anna est une vaillante fille.

Après un long silence, Kaourintin reprit avec véhémence :

– Il y a trop de choses que je ne comprends pas, Goranton.

– Que veux-tu dire ?

– Les disparitions des petits de Saint-Herbot, l'attitude de Withénoc… et maintenant ces boucles dans la forêt comme si nous marchions sur place pour attendre quelque chose, mais quoi ?

Attention, le voilà. Parle à Anna de tout ceci.

Le moine venait vers eux, son froc noir battant ses chevilles.

– Il nous faut repartir, Kaourintin, dit-il de sa voix sourde.

– Nous venons à peine de nous arrêter, répondit le berger. Les petits ont besoin d'un peu plus de repos, Withénoc.

– Nous allons bientôt faire une longue halte, je te le promets mais il me semble avoir entendu des aboiements dans le lointain. Les bois ne sont pas sûrs, tu le sais.

– Je n'ai rien entendu, rétorqua le berger. Mais c'est toi qui nous as conduits ici pour que nous soyons plus en sécurité. Puis-je te parler un instant en tête à tête, Withénoc ?

– Une autre fois, coupa le moine. Donne l'ordre du départ, et suivez-moi.

Et sans attendre la réponse du jeune berger, le moine noir fit demi-tour et s'éloigna au travers des fougères.

Ordonnant à regret à sa petite troupe de lever le camp, le jeune berger se dirigea vers le hallier, derrière frère Withénoc.

Énergique comme à son habitude, la jeune Anna avait rassemblé les plus petits, les aidant à nouer leurs baluchons, les poussant pour qu'ils rattrapent leurs aînés.

Goranton qui avait décidé de fermer la marche, passa à l'arrière, non sans avoir confié son pressentiment et celui de Kaourintin à la fillette.

Anna hocha la tête d'un air entendu, elle détestait Withénoc. En fait, dès qu'elle l'avait vu, l'homme lui avait inspiré une répulsion immédiate. Elle trouvait qu'il ressemblait à une grande araignée avec sa robe d'un noir plucheux tirant sur le roux, ses membres d'une longueur excessive et sa façon de se mouvoir si rapidement qu'il vous tombait dessus sans qu'on ait le temps de le voir venir. Et puis d'abord, pourquoi cet homme ne montrait-il jamais son visage, même à Kaourintin ? Plusieurs fois, la gamine avait proposé au jeune berger de partir sans le moine mais Kaourintin avait besoin de l'aide d'un adulte. Il lui avait avoué mal connaître les chemins à prendre pour gagner la Terre Sainte et d'ailleurs, il n'imaginait même pas à quelle distance elle pouvait se trouver. Withénoc assurait ainsi son emprise sur le berger, lui faisant miroiter les étapes qu'ils pourraient faire chez les clunisiens ou dans d'autres monastères amis.

22

À peine arrivé ce soir-là, le chevalier aperçut un homme d'armes qui l'attendait pour lui demander de rejoindre le seigneur du Huelgoat dans la salle haute du donjon.

– Dis-moi, l'homme, as-tu vu Drogon et Thustan ? demanda le chevalier.

– Je n'ai point vu Thustan, mais Drogon n'a pas bougé.

– Merci, l'homme. Je m'en vais trouver

Broérec. Fais soigner mon cheval et donne-lui à manger mais laisse-lui son harnais.

– Bien messire, dit l'homme en emmenant Quolibet vers les écuries.

Le seigneur du Huelgoat l'attendait en faisant les cent pas dans la longue salle du donjon. Plus le temps passait et plus Broérec, perdant toute retenue, se laissait gagner par l'angoisse d'avoir perdu le seul fils qu'il aimait.

– Alors, tu as une piste ? cria-t-il en voyant entrer le chevalier.

– Holà, Broérec du calme ! Laisse-moi au moins m'asseoir, dit le chevalier. Je n'ai encore trouvé aucune trace de ton cadet mais par contre, il se trame ici des choses que tu sembles ignorer et qui pourraient avoir un rapport avec son absence prolongée…

Une sonnerie interrompit le chevalier. Broérec se figea, écoutant les appels répétés du cor.

Des bruits de pas retentissaient au-dessus d'eux.

– Viens, montons, c'est l'alerte, dit le géant en empoignant l'échelle qui grimpait au sommet de la tour.

Le vent s'était levé mais il ne suffisait pas à dissiper l'épaisse colonne de fumée noire qui montait au-dessus des arbres de la forêt.

– C'est la Ferme, messire ! dit un des guetteurs.

– Je le vois bien, triple buse, gronda Broérec. Eh toi, là-bas, rassemble-moi une dizaine d'hommes et plus vite que ça !

Puis il se tourna vers le chevalier qui, le visage tendu, fixait le sinistre nuage de fumée.

– Pas de doute, c'est la Ferme de Génovéfa, la femme du Cléophas ! Encore un coup de ces satanés paysans ! Ils n'osent pas s'attaquer au château, alors ils s'en prennent à la Ferme !

– Cela m'étonnerait, répliqua le chevalier. Car ils tiennent dame Génovéfa en grande estime.

Les deux hommes dégringolèrent les échelles et se précipitèrent dans la basse-cour bientôt rejoints par Drogon. Une dizaine d'hommes d'armes étaient déjà en train de sortir les montures.

Cléophas, affolé, sortit en trombe de sa cuisine et descendant les passerelles se précipita dans la basse-cour, en appelant Galeran :

– Chevalier ! Chevalier ! Sauvez-les, je vous en conjure !

Le jeune homme, qui venait de sauter en selle, se pencha vers le malheureux :

– Aie confiance, Cléophas, dit-il, puis il talonna son cheval.

Le pont-levis avait été abaissé et le chevalier rattrapa les hommes de Broérec. Il les dépassa et vint se placer au côté du géant et de Drogon. La petite troupe se mit aussitôt au galop sur la sente qui menait à la demeure de dame Génovéfa.

Bientôt une odeur âcre de fumée et de cendres vint remplacer les senteurs vivantes de la forêt. Broérec, l'air sombre, avait pris la tête de la troupe, fouettant sa monture sans relâche.

En chemin, ils dépassèrent des paysans qui couraient vers le sinistre. Quand ils parvinrent à la clairière, Galeran comprit qu'il était déjà trop tard. De grands jets de flammes s'échappaient du logis principal et une chaleur intense empêchait de s'en approcher.

Broérec mit pied à terre et ordonna à ses hommes de l'imiter et de mettre les chevaux à l'abri des arbres.

C'est à ce moment, que la toiture s'effondra d'un seul coup dans un effroyable fracas.

Dans la grande cour, il y avait déjà des gens des hameaux voisins qui allaient et venaient, se bousculant, chacun donnant des ordres que personne ne suivait.

Certains étaient armés de longues branches d'arbres fraîchement coupées et tapaient sur les petites flammes sournoises et les étincelles qui couraient sur le sol. Il n'y avait pas assez de seaux pour faire la chaîne jusqu'à la citerne et à mesure que l'incendie gagnait, le désordre augmentait.

Des meuglements déchirants s'échappaient des étables dont le chaume commençait à s'enflammer. Galeran, après s'être aspergé d'eau, se rua au milieu des nuages de fumée. Quand il parvint enfin à trouver la porte et à l'ouvrir, là aussi il était trop tard. Les pauvres bêtes s'étaient tues et ne sortirent point. Elles étaient déjà mortes asphyxiées.

Pendant ce temps, Broérec cherchait dame Génovéfa et son fils dans la cohue, il les appelait mais n'obtenait pas de réponse. Les paysans, trop affairés pour faire attention à lui, ne lui donnaient aucune indication.

Au crépuscule, le vent tomba et l'incendie s'éteignit de lui-même comme un ogre rassasié.

Les paysans épuisés s'égayèrent dans la forêt

sans demander leur reste.

Atterrés, Broérec et Galeran, contemplaient l'étendue du désastre.

– Nous ne pourrons pas entrer dans la maison avant plusieurs heures, dit le chevalier, et Dieu sait ce que nous trouverons alors à l'intérieur.

– Dame Génovéfa s'est peut-être ensauvée avec son fils et sa vieille servante, dit Broérec d'un ton hésitant, je vais dire à mes hommes de chercher alentours…

– Il y a aussi les trois valets, grogna Drogon qui s'était approché.

Il avait prêté main-forte aux paysans avec une ardeur étonnante et maintenant, il se dressait devant son père, le visage noirci, ruisselant de sueur :

– D'ici que ce soit ces lascars qui aient fait le coup…

Le chevalier se tourna vivement vers lui :

– C'est ce que tu penses, Drogon ? Tu ne crois pas que c'est un accident ?

Le jeune homme n'eut pas le temps de répondre. Un valet d'armes fonçait vers eux en poussant de grands cris.

– Messire, messire, venez par ici !

Dans le verger, derrière le haut mur d'enceinte, le corps ensanglanté de la vieille servante gisait à deux pas de celui de son jeune maître.

Génovéfa avait été attachée un peu plus loin au tronc d'un vieux pommier. Sa belle robe bleue était lacérée et couverte de sang. Sous sa coiffe souillée, le visage tailladé était méconnaissable. Les yeux qui avaient été énucléés pendaient sur ses joues. Pour la servante et le jeune Yann, on avait usé de mansuétude, on s'était contenté de les égorger.

Au bord de la nausée, le chevalier contemplait le corps torturé de dame Génovéfa, se demandant quel était le démon qui avait commis une telle abomination. « Et dire qu'elle croyait que son silence la protégerait et protégerait les siens ! » pensa-t-il.

Broérec avait poussé un grognement terrible et s'était précipité vers le corps de la jeune femme. Défiguré par une terrible colère, il trancha les liens.

– Qui a pu faire ça ? s'exclama-t-il. Galeran, aide-moi, attrape-la !

Le chevalier reçut le cadavre, qui glissa le long du tronc jusque dans ses bras. Il l'allongea sur l'herbe au côté de la servante et du jeune fils de Cléophas.

Broérec s'était agenouillé, essuyant le visage de Génovéfa, il semblait bouleversé.

– Mais qu'est-ce que tout ça veut dire ? dit-il avec une rage froide… et ce pauvre gosse qui était comme un frère pour Jestin.

Il se frappait le front avec ses deux poings serrés :

– Ce ne sont pas mes paysans n'est-ce pas ? Ou alors, le bâtard pour se venger ? Ou bien des détrousseurs qui ont voulu savoir où était son magot et l'ont torturée pour ça… ceux qui font des feux dans la forêt.

– Je ne pense pas, dit Galeran, tu oublies que tes paysans surveillent les environs nuit et jour, ils les auraient vus s'approcher.

Tout en parlant, le chevalier regardait autour de lui et mémorisait le moindre détail : l'herbe foulée par plusieurs personnes, la chaîne d'or de Génovéfa qui n'était plus à son cou, l'aspect de ses blessures…

– Bon, pour l'instant, on voit à peu près comment ça s'est passé. Ils étaient tous trois au verger en train de cueillir des pommes quand les tueurs sont arrivés. Ils ont essayé de fuir. La servante qui était âgée et courait moins vite a été massacrée la première. Le petit Yann s'est placé devant sa mère pour la défendre et a été la seconde victime. Mais c'était à Génovéfa qu'on en avait…

– Mais pourquoi elle ?

– Génovéfa savait trop de choses, Broérec. Elle gardait trop de secrets.

– Et tu crois qu'elle a parlé ? demanda le géant à voix basse.

– Eh bien, je peux me tromper, mais je ne le pense pas. Les assassins ont fait une grosse erreur en tuant d'abord son fils, qu'elle adorait. La douleur a dû la tétaniser et lui donner envie de mourir à son tour. Dès lors, ils ne pouvaient plus rien contre elle… ce qui expliquerait aussi l'incendie de la ferme qui ne serait qu'un aveu d'impuissance… Je crois que finalement ces tueurs ont échoué dans leur mission et qu'ils se sont vengés comme ils ont pu sur le bétail et les biens de cette pauvre femme.

– Reste les valets qui ont disparu, dit encore Broérec, ce genre de choses arrive, après tout. Ce ne serait pas la première fois que des valets pilleraient leur maître. Pourquoi chercher plus loin ?

– Je crois au contraire, qu'il faut chercher plus loin, même beaucoup plus loin, sans doute dans ton passé, murmura Galeran.

Pendant cette brève conversation, Drogon était resté muet, à côté des deux hommes. Le chevalier l'observa un moment avec attention, puis se détourna.

Ne voyant rien de plus à faire dans l'immédiat, il se pencha vers les corps étendus et couvrit celui de la malheureuse Génovéfa avec son manteau.

– Rentrons au camp, on va ramener ces trois-là avec nous, dit Broérec qui semblait profondément ébranlé. Il faut que je sache pour Jestin, il faut que nous le trouvions maintenant, ça ne peut plus durer !

De son côté, Galeran pensait à Cléophas. Comment prendrait-il ce dernier coup du sort ? Maudirait-il, comme Job, le jour de sa naissance et la nuit où il avait conçu son fils ?

On décida de laisser quatre hommes sur place pour garder les lieux. Puis les corps des victimes furent posés sur des brancards de fortune et la petite troupe reprit lentement le chemin du camp fortifié avec son sinistre chargement.

23

Le jour s'étirait en longueur. Le trajet du retour paraissait interminable à Galeran. Plus que la fatigue, le dégoût l'accablait.

Drogon chevauchait en tête, silencieux et comme indifférent à tout ce qui l'entourait, seule une pâleur inhabituelle trahissait son trouble. Broérec était livide et s'était arrêté à plusieurs reprises pour vomir. De temps à autre, le chevalier, qui fermait la marche, se retournait sur sa selle. Il lui semblait qu'une silhouette furtive les suivait, dissimulée derrière les arbres, à moins de cinquante pas derrière eux. Enfin, le funèbre cortège franchit le pont-levis, Galeran redoutait le moment où il lui faudrait affronter la douleur de Cléophas.

Dans la basse-cour, de nombreux hommes d'armes les attendaient, visiblement anxieux. Ils entourèrent aussitôt la petite troupe. Avides de nouvelles, ils accablaient de questions les arrivants. Quand Galeran mit pied à terre, il vit que Drogon et Broérec se frayaient brutalement un passage en direction du donjon.

De son côté, il s'enquit du malheureux cuisinier. Ce fut son aide, le petit Titik, qui se chargea de le renseigner.

– Il est dans les écuries, messire chevalier.

– Que fait-il dans les écuries ?

– Ben, aussi vrai que Dieu nous voit, il dort !

– Comment ça, il dort ? dit le chevalier, vaguement soulagé.

– Il est saoul, dit le gamin en baissant les yeux avec un sourire en coin.

Autour d'eux, les gens d'armes faisaient cercle, attendant des ordres qui tardaient à venir.

Galeran leur enjoignit de descendre les corps

des victimes dans le sous-sol du donjon. Lui-même s'empara de celui du jeune Yann et alla le déposer là où avait reposé la pauvre petite Fanchon. En se relevant, il remarqua que la meule était immobile et que le malheureux qui l'actionnait, n'était plus là.

– Dis-moi fils, demanda-t-il au petit qui l'avait suivi. Où est passé l'homme qui tournait la meule ?

– Ben messire, il est parti.

– Tu veux dire mort ?

– Mais non, le seigneur Broérec a dit que ça suffisait comme ça et il l'a chassé.

– Quand ça, dis-moi ?

– Hier.

Le chevalier se souvint qu'effectivement, la veille au soir, lorsqu'il avait partagé le repas de Cléophas, on n'entendait plus tourner la meule.

– Tu sais qui était cet homme ? demanda-t-il.

– Il n'était pas d'ici, répondit laconiquement le gamin.

– Bon, fils, je vais te charger d'un message très important. Tu as l'habitude, n'est-ce pas ?

– Pour sûr, messire, dit le petit en se rengorgeant.

– Bon ! dit le chevalier. Tu vas aller jusqu'à Saint-Herbot trouver Gweltaz Ar Fur. Tu lui diras ce qui se passe et qu'il envoie des bonnes femmes pour qu'elles viennent faire la toilette des morts. Il faudra aussi qu'il prévienne le père Gwen qui devra s'occuper des prières et trouver une place en terre bénie pour enterrer ces malheureux.

Broérec était assis à la grande table devant une

coupe de son infecte boisson. Il causait tout seul en grinçant des dents d'une manière effrayante.

Le chevalier s'approcha de lui et posa la main sur son épaule. L'autre sursauta mais ne se retourna pas.

– Broérec, dit doucement le chevalier, cesse de te tourmenter. Je te jure devant Dieu qu'il n'est rien arrivé de mauvais à Jestin et que tu le reverras bientôt.

– Le monde est noir et vide, fit Broérec les yeux au loin, je suis rendu…

Le chevalier le regarda et il vit des larmes couler sur ses joues boucanées.

Galeran comprit que rien ne pourrait le tirer de son état de prostration. Alors, il prit le parti de se retirer dans son réduit car il avait grand besoin lui-même de faire le point et de remettre un peu d'ordre dans ses idées.

24

Le chevalier assis sur son lit de camp, avait posé sur ses genoux une tablette de cire et tenait à la main un stylet. Il aimait beaucoup cette façon antique de prendre des notes que l'on pouvait effacer sans difficulté. Sur sa tablette, il avait tracé machinalement un labyrinthe. Ce n'était point celui des cathédrales, le labyrinthe sacré que les fidèles parcouraient à genoux pour gagner la Jérusalem céleste, mais bien celui qui menait au lieu de supplice des damnés et des morts. Mais voilà, qui était le nouveau Minotaure, tapi au fond du labyrinthe ? Où se trouvait-il et comment délivrer le pays de sa folie meurtrière ?

Le chevalier traça en un point l'emplacement du donjon, puis celui de la Ferme, de chacun des hameaux jusqu'au marais... il indiqua aussi le parcours où la petite Armelle avait vu la troupe des enfants tourner en rond, comme égarée. Sans oublier celui de la traque... et bien d'autres détails encore.

Il s'empara ensuite d'une autre tablette où il inscrivit cette fois, une série de questions :

– Qui a réellement payé la rançon de Broérec et l'a ainsi délivré ?

– Comment pouvait-il payer ses hommes au siège de Vitré alors qu'il ne possède qu'un fief misérable ?

– Pourquoi a-t-on torturé dame Génovéfa ?

– Pourquoi est-elle restée à la Ferme au lieu de s'en retourner vivre confortablement en Normandie ?

– Cléophas est-il seulement un mari complaisant ? etc.

Galeran nota ainsi toutes les questions qui lui passaient par la tête, même les plus saugrenues. Ensuite, il posa les deux tablettes devant lui.

Et soudain, son regard se mit à circuler dans les méandres tortueux du labyrinthe, sautant, avec une déconcertante facilité, d'un point à un autre et tout devint clair pour lui.

25

Hoël, le bâtard ne rôdait plus autour du camp de son père pour la simple raison qu'il ne s'éloignait plus de la grotte de Ninian. En son for intérieur, il se demandait si les méandres de la rivière souterraine et le lac transparent ne l'avaient pas envoûté.

Ce jour-là, alors qu'au loin le ciel se teintait encore des couleurs de l'incendie de la Ferme de Génovéfa, Hoël et Ninian, étendus l'un à côté de l'autre sur la mousse odorante, s'amusaient tranquillement à guetter le manège d'une troupe d'écrevisses autour d'un appât. De temps en temps, ils en sortaient une de l'eau du petit lac. Les autres fuyaient et allaient se cacher sous les pierres de la berge. Et puis, Hoël jetait un petit morceau de viande dans le bassin et, à nouveau, les écrevisses ne tardaient pas à accourir, à la grande joie des deux jeunes gens.

Soudain, Ninian poussa un petit cri, une grosse écrevisse s'était vengée sur son petit doigt. Elle arracha la bestiole et la jeta au loin, puis se mit à sucer consciencieusement son pinçon.

– Elle t'a pincée fort ? Tu as mal, je n'aime pas que tu aies mal ! dit Hoël.

– Non, t'es bête, c'est rien.

Les deux jeunes gens restèrent silencieux, le jeu ne les amusait plus.

Soudain Hoël demanda :

– Dis-moi, Ninian, pourquoi ne veux-tu pas retourner chez ton père ? Tu ne peux pas toujours rester cachée ici. Les beaux jours vont bientôt tirer à leur fin et je t'assure qu'alors ce ne sera pas gai d'être dehors, j'en sais quelque chose !

Les yeux de la jeune fille se remplirent brusquement de larmes et elle détourna la tête.

– Je ne peux retourner là-bas et continuer plus longtemps à jouer cette comédie… et puis, il y a Drogon, c'est un étripeur, une bête sauvage et, en plus, il me hait parce que notre père me cajole et fait mes quatre volontés. À mesure que le temps passe, je vois bien qu'il me surveille… d'ici à ce qu'il sache qui je suis vraiment et qu'il le dise à Broérec. Eh bien, mon père me jettera dehors et cela reviendra au même !

– Pourquoi t'irais pas à la Ferme, alors ? demanda Hoël, dame Génovéfa te cacherait sûrement. Après tout, c'est elle qui t'a élevée !

Ninian haussa les épaules.

– Je ne vais plus à la Ferme depuis des mois.

– Et pourquoi ?

– Le Yann est toujours après moi, soupira Ninian, je me demande si sa mère ne lui a pas dit la vérité à mon sujet. En tout cas, il me regarde drôlement.

– C'est pas bien grave, Ninian, t'es capable de te défendre, j'en sais quelque chose !

– Peut-être, dit lentement la jeune fille, s'il n'y avait que ça ! Mais tu sais ce que j'ai vu un beau soir où j'arrivais à la Ferme ?

– Comment veux-tu que je sache ?

– Eh bien, c'était le Drogon qui sortait et, en

plus, il avait l'air tout content, souffla Ninian avec un sourire crispé.

– Drogon ?

– Oui, et ça m'a donné un coup, parce que moi dame Génovéfa, je la plaçais au-dessus de tout. Ce qu'elle me disait, c'était parole d'Évangile. Le Drogon, elle me contait qu'elle ne le pouvait souffrir et que s'il se risquait à la Ferme, elle le jetterait dehors… et d'un coup, voilà ce porc qui vient chez elle et qui en repart en riant.

Un bon moment s'écoula avant que Ninian continue :

– Du coup, j'ai décidé de retourner en secret à la clairière, les jours suivants et de me cacher dans la haie pour surveiller la Ferme. Et comme ça, j'ai vu Drogon entrer plusieurs fois comme chez lui et longtemps après ressortir, toujours l'air satisfait. Alors, pour moi, la Ferme aussi, c'est fini.

Hoël était incapable de trouver quoi que ce soit à dire. Enfin, il murmura :

– Je pense que tu as raison, Ninian, mais c'est à peine croyable.

– Il a bien fallu que j'en croie mes yeux, répondit Ninian avec amertume, quand j'y pense ! Géno que j'aimais comme ma mère et la voilà acoquinée… sans compter Yann !

Le garçon hocha la tête :

– Tu as agi sagement, Ninian, ne te désole pas. S'il en est ainsi, Drogon doit sans doute tout savoir sur toi. Je me demande ce qu'il complote avec dame Génovéfa, mais à mon avis, rien de bon en ce qui te concerne.

– Je suis de ton avis. C'est pour ça que je me suis ensauvée. Tu sais, je me suis dit que si Drogon voulait s'en prendre à moi, il pourrait le faire en toute sûreté à la Ferme avec la bénédiction de cette traîtresse. Après ça, ils pourraient laisser ma dépouille au coin d'un bois pour donner à manger aux loups. Et si jamais on me retrouvait, on dirait que c'est comme pour les autres petits qui sont morts.

– Tais-toi, Ninian, je ne veux pas que tu parles comme ça !

– Mais c'est pourtant la pure vérité !

Les deux jeunes gens se turent un long temps perdus dans leurs pensées puis Hoël s'exclama tout à coup d'un ton furieux :

– Sais-tu, Ninian, pourquoi j'envoie des flèches à cet ignoble Thustan et pourquoi, à moi tout seul, je m'en prends aux gens de Broérec ? Eh bien, c'est parce que moi, ma petite, je ne veux pas vivre comme le gibier ! Ce sont des chasseurs qu'ils disent ! C'est facile quand on se met à dix après une pauvre bête ou une femme, parce que, pour ces enragés, c'est la même chose et c'est comme ça qu'ils ont traité ma mère. Moi aussi, je suis un chasseur et je n'ai pas besoin d'une meute et ceux qui te menacent, Ninian, je les menacerai à mon tour.

– Et que comptes-tu faire ? demanda la jeune fille.

– Que crois-tu que je fasse depuis tant d'années ? Je vais les pister, je vais les traquer. Là où ils croient être les premiers, je serai toujours avant eux…

– Pourtant, dit Ninian, tu n'avais pas vu Drogon chez Génovéfa !

– Peut-être, mais je l'ai vu ailleurs et crois-moi, cela en valait la peine ! Mais dis-moi, en attendant, que penses-tu de ce chevalier qui est arrivé au château ?

– Celui-là, je ne sais pas ce qu'il vaut… en tout cas, il fourre son nez partout et je n'aime pas ça non plus ! C'est paraît-il, un ami de mon père, comme si Broérec pouvait avoir des amis !

– Moi, je lui ai parlé et il m'a plu. Il a l'air d'un homme franc.

Elle lui jeta un regard en coin et haussa les épaules :

– Bien sûr ! Vous, les gars, vous êtes tous les mêmes. Tu l'admires parce qu'il est grand et fort, qu'il a un destrier et de belles armes !

– Non, Ninian, seulement parce qu'il m'a l'air d'un preux chevalier… et que je voudrais être comme lui adoubé et ne pas rester un pauvre hère.

Le jeune homme se tut, l'air buté. Puis, au bout d'un moment, il dit en évitant de regarder sa petite compagne :

– Ninian, pourquoi tu ne m'aimes pas ?

– Oh Hoël, ne m'ennuie pas avec ça, tu veux !

Assis à côté d'elle, il ne la regardait toujours pas :

– Moi, Ninian, je t'aime, dit-il simplement.

– Et après ? Moi aussi.

– Oui, mais moi je voudrais que tu deviennes ma dame.

Du coup, la jeune fille se tourna vers lui. Ses joues avaient brusquement viré à l'écarlate :

– Tu es fou, qui t'a donné cette idée-là ?

– On m'a raconté que des rois le faisaient et qu'ils épousaient leurs sœurs !

– Ah ça, ce n'est pas vrai, ou alors ce sont des Turcs ou des impies ! Moi, je vais te dire une autre histoire que je tiens du père Gwen. Voilà, il y avait au bord du Rhin ou peut-être au Danemark, enfin, ça n'a pas d'importance, un prince qui avait épousé sa cousine parce qu'il l'aimait plus que tout au monde. Eh bien, le pape les a excommuniés tous les deux. Alors, ils ont fait vœu de chasteté et ils sont partis en Terre Sainte pour faire pénitence avec d'autres chevaliers. Là-bas, ils sont morts et on les a mis dans la même tombe… Et, tu vois, c'était même pas sa sœur à lui, c'était sa cousine !

– Mais Ninian, c'est une histoire que j'aime et je voudrais faire comme eux !

– Moi pas, dit sévèrement la jeune fille.

Il la dévisagea longuement avec une infinie tristesse. Alors brusquement, elle jeta ses bras autour du cou de Hoël et se mit à pleurer, le visage caché contre son épaule.

Quatrième partie

« La bête va bondir (...)
Temps des tempêtes, temps des loups.
Avant que le monde s'effondre,
Personne n'épargnera personne. »

Poème scandinave de la *Völupsa*

26

Ce matin-là, Galeran avait décidé de retourner seul à la Ferme. Quand il arriva sur place, il vit que les quatre gens d'armes chargés de monter la garde, étaient installés autour d'un feu, en train de se partager un conil.

– Salut à vous, les hommes ! dit le chevalier. La nuit a été calme ? Personne n'est venu ?

– Non, messire Galeran, dit le plus âgé.

– À part le Thustan ! ajouta un autre à l'air dégourdi.

– Ah bon ! Et il voulait quelque chose ?

– Il cherchait messire Broérec, à ce qu'il a dit. Et puis, il a regardé un peu partout. Mais il a pas pu s'approcher des bâtiments parce que ça fumait encore. Alors, il a pas demandé son reste et il est reparti.

– Et maintenant, on peut y aller voir ?

– On n'y a pas encore été, mais il est tombé une ondée en fin de nuit et ça devrait être possible... faudra aussi qu'on enlève les carcasses de ces pauv'bêtes qu'ont péri... quelle misère !

Le chevalier jeta un coup d'œil autour de lui. Un faible soleil éclairait chichement les ruines de ce qui avait été une demeure prospère et une tenace odeur de cendre humide flottait encore dans l'air.

Le feu avait détruit la toiture mais finalement les vieux murs noircis avaient bien résisté et Galeran pénétra dans les décombres sans trop de difficultés.

Il ne restait plus trace du mobilier dans la grande salle où le chevalier s'était attablé la veille en compagnie de dame Génovéfa.

La grande cheminée de pierre se dressait seule, intacte, pointant vers le ciel, ses imposants conduits cimentés.

– Ce n'est donc point de ce côté-là que le feu a pris, murmura Galeran en examinant l'âtre. Tiens qu'est-ce cela ?

Sous l'effet de la chaleur intense, une partie du dallage s'était effondrée. En se penchant sur l'orifice béant, il vit qu'il y avait là une sorte de crypte de grande taille. Il s'y laissa glisser. Les murailles ici, étaient uniformes, lisses et fort anciennes. Le chevalier comprit qu'il s'agissait d'une fausse cave et qu'il se trouvait, en réalité, dans un hypocauste.

Quand il était dans le sud, il avait eu souvent l'occasion de visiter ces systèmes de circulation d'air brûlant que les Romains construisaient pour chauffer par le sol non seulement l'eau des Thermes mais encore certaines habitations.

Comme les tout-à-l'égout, ceux-ci fonctionnaient encore parfaitement, malgré des siècles d'abandon.

Mais, de toute évidence, la fausse cave où il se

trouvait, avait servi à autre chose.

En avançant, le chevalier découvrit les restes de deux anciens fours en argile réfractaire et à côté, à moitié enfouie sous un amas de dallages cassés et de débris divers, une petite pyramide de lingots.

Il en prit un, le flaira, le gratta avec l'ongle puis le glissa prestement sous sa cotte et remonta en hâte à la surface.

Les hommes étaient toujours autour du feu en train de manger. Le plus âgé s'adressa au chevalier en hochant la tête :

– On n'a pas fermé l'œil cette nuit, messire ! Ça fait beaucoup trop de malheurs tout ça, à croire que le Malin, il est sorti du Yeûn et qu'il s'amuse…

– C'est un peu ça, dit Galeran en lui lançant un regard appuyé. D'autant qu'ici, dame Génovéfa menait, à ce qu'on m'a dit, une vie retirée et tranquille.

Galeran avait souvent remarqué qu'une fausse affirmation procurait plus de renseignements qu'une question clairement posée. Et, encore une fois, la vieille méthode porta ses fruits.

– Tout le monde ne dit pas comme vous, messire, protesta l'homme.

– Moi, je ne suis pas d'ici, répondit Galeran et je répète ce qu'on m'a raconté au hameau. Dame Géno y faisait le bien.

– Et vous croyez ce que ces chiens racontent ?

– Pourquoi pas ?

– Vous feriez mieux de vous méfier, souffla l'homme d'un air entendu. Vous avez pas pensé que si elle faisait le bien, comme vous dites, c'est qu'elle avait peut-être de bonnes raisons pour ça… Enfin, moins on en dit, mieux on se porte, pas vrai, messire ?

Le chevalier ne répliqua pas, il attendait la suite mais elle ne vint pas. L'homme s'était emparé d'un morceau de râble et mordait dedans sans plus s'occuper de Galeran.

Celui-ci n'insista pas et se dirigea tranquillement vers Quolibet, sauta en selle et piqua des deux.

Il savait maintenant ce qu'il devait faire.

27

À la cuisine, il n'y avait que Titik qui s'affairait devant les fourneaux.

– Où est Cléophas ? dit le chevalier en arrivant.

– Il est allé voir les corps puis il est parti. Il m'a pas dit où, mais je crois qu'il voulait retourner à la Ferme, repartit le petit en hochant la tête.

– J'en viens et je ne l'ai point vu… Bon, mon fils, as-tu bien fait ce que je t'ai demandé hier ?

– Ça oui. Les femmes sont auprès des défunts et le père Gwen devrait pas tarder.

– Et les autres, ils sont là-haut ?

– Oui, je viens de porter du brouet à messire Broérec et à Drogon, mais Jestin n'est toujours pas de retour.

– Je te remercie, Titik, dit le chevalier en lui tendant un denier.

– Non messire chevalier, je n'en veux point, murmura le petit, ce serait de l'argent gagné sur les morts, ça porte malheur… et puis, j'étais le promis de la Fanchon, y'a que vous qui pouvez trouver celui qui l'a mise dans cet état, ajouta-t-il avec un sourire crispé comme une grimace.

La confiance de l'enfant fit du bien au chevalier. Le petit s'était approché de lui et lui avait pris la main, puis était retourné sans rien dire à ses fourneaux. Quand le chevalier desserra les doigts, il vit que l'enfant y avait glissé un petit morceau de parchemin recouvert d'une écriture maladroite.

Il lut le message avec attention. L'enfant le fixait. Galeran hocha la tête en silence puis alla rendre la petite boule de parchemin au garçon.

– Tiens, mets ça dans ton feu ! dit-il avec un sourire.

Dans la grande salle du haut, Broérec était seul en train de laper son brouet. Le chevalier passa devant lui comme s'il ne le voyait pas. Il alla jusqu'au réduit qui lui servait de chambre et en revint aussitôt portant la couverture de fourrure que lui avait prêtée Broérec.

Sans un mot, il la jeta sur la table devant le géant. Puis, il s'en retourna dans sa chambre où il se mit à rassembler ses affaires sur le lit de camp.

Interloqué, Broérec le regardait faire, la lippe pendante. Enfin, il se leva et alla à la porte du réduit :

– Peux-tu me dire ce que cela signifie ?

Le chevalier lui lança un bref regard :

– Devine !

– Corbleu, tu t'en vas, tu me laisses tomber !

– Tiens, pour une fois, tu as touché juste !

– Mais pourquoi ? s'exclama le géant, tu ne peux pas ! Tu ne te rends pas compte… Jestin…

Galeran le toisa.

– Écoute-moi bien, Broérec, dit-il, me crois-tu vraiment stupide ?

– Qui a dit ça ? grogna le géant qui avait perdu son assurance. Reste Galeran, je t'en conjure, enfin je t'en prie… voilà, tu es content comme ça ?

Le chevalier se mit à rire :

– On verra, on verra, ça dépend !

– De quoi ça dépend ?

– De ce que tu vas me raconter maintenant !

L'autre baissa la tête en signe d'acquiescement et alla reprendre sa place, ses grosses mains bien à plat sur la table.

Le chevalier tira à lui un escabeau et s'assit en face de Broérec. Puis il sortit de son bliaud le lingot trouvé à la ferme et le posa devant le géant.

– Qu'en dis-tu, Broérec ?

– Ce que j'en dis, ce que j'en dis… c'est un marka d'argent, un marc, enfin ce qu'on veut !

Le chevalier fit mine de se lever.

– Non ! Non ! Reste là Galeran ! cria Broérec, je te jure que je n'y comprends goutte… attends, je vais chercher quelque chose.

Il se leva précipitamment, alla vers son lit clos dont il ouvrit la porte avec violence et disparut à l'intérieur.

Galeran entendit un vague grincement puis Broérec réapparut, un lingot à la main et vint le poser sur la table à côté de l'autre. Il était légèrement plus long et le métal en était terni. Dessus, on distinguait un poinçon. Le chevalier le soupesa.

– C'est avec ça que tu as payé ta rançon à Vitré, n'est-ce pas ? Tu n'as pas eu à t'endetter et Tanguy n'a jamais avancé un denier pour te délivrer !

– C'est vrai, dit l'autre en baissant la tête, comment l'as-tu deviné ?

– Je n'ai rien deviné, c'est toi qui me l'as dit !

– Comment ça je te l'ai dit ?

– En voyant le nombre d'hommes que tu entretiens et la misère de ton fief, enfin, Broérec, on n'a pas chez soi une garnison équipée comme la tienne, on ne fait pas la guerre pendant des années avec des troupes mercenaires, si on n'a pas les moyens de les payer grassement. Tu me l'as d'ailleurs rappelé l'autre jour, les mercenaires ne travaillent jamais pour l'honneur. Donc, tu avais d'autres ressources… Ceci dit, le marc qui est là vient de la Ferme.

– De la Ferme ? dit Broérec en tournant et retournant le lingot. De chez dame Génovéfa ? Mais il vient d'être coulé celui-là et il n'a pas la taille des miens.

Il y eut un silence.

– Écoute, Broérec, reprit le chevalier, parle-moi plutôt de la mort de ton père. Qui l'a trouvé dans la forêt ?

Broérec regarda Galeran avec incrédulité :

– C'est moi qui l'ai trouvé. Il était tombé de cheval mais il n'était pas mort.

– Non, il n'était pas mort, en train de mourir seulement, le visage noir et à demi aveugle…

empoisonné lui aussi !

– Mais ce n'est pas moi qui l'ai fait ! Je n'ai pas tué mon père !

– Je sais, ton père est mort de ses excès !

– Je ne vois pas comment tu peux savoir ça aussi ?

Le chevalier se mit à rire.

– Ça t'ennuie, hein Broérec ? Parce qu'en m'appelant à la rescousse, tu pensais te servir de moi et tu te croyais très malin. Tu aurais dû te souvenir de Vitré. Combien de fois n'avons-nous pas joué « à pair » ?

– Et tu gagnais presque toujours ! grogna l'autre.

– C'est comme ça ! Rappelle-toi, un des joueurs tient une certaine quantité de pièces dans sa main fermée et l'autre doit deviner combien il y en a et si leur nombre est pair ou impair. On dit que c'est le hasard… peut-être, mais avec l'habitude, on finit par amener le coup de Vénus, la réussite, à presque tous les coups. Alors Broérec, tu peux ouvrir grand ta main maintenant, je sais déjà ce qu'il y a dedans.

– Fort bien, grimaça Broérec, tu ne t'es pas trompé et que le Diable m'emporte si…

– Alors, laisse le Diable et raconte !

– Bon, la mine existait c'est vrai. Elle datait du temps des Romains ou peut-être même d'avant. Et puis, on l'a oubliée, elle a été envahie par les ronces et les bêtes sauvages. C'est justement comme ça, en forçant un vieux solitaire, que mon satané père en a trouvé l'entrée ! À l'intérieur, tout était à peu près en état, à part les étais de certaines galeries qui s'étaient effondrés. Les occupants romains ou celtes, avaient dû quitter le chantier en grande hâte puisque près de l'entrée, il y avait encore les restes d'un brancard avec dessus un bon tas de lingots comme celui que tu as devant toi. Le père a vu ça en un clin d'œil et il a aussitôt tué les deux traqueurs qui l'accompagnaient… il n'avait jamais eu la tête bien solide mais je crois que la découverte de la mine l'a achevé. Il passait son temps là-bas à compter et à recompter ses marcs… à gratter partout pour voir s'il en trouvait d'autres.

– Il aurait pu exploiter la mine, dit Galeran.

– Non, toujours pour la même raison, c'était son secret, son magot, il avait peur qu'on lui vole. Il m'en a parlé seulement quand je l'ai trouvé mourant… et encore, parce qu'il se voyait déjà griller en Enfer. Alors, il s'est confessé à moi pour que je transmette ses aveux au père Gwen, afin d'obtenir l'absolution post mortem et le pardon de ses crimes.

– Et c'est ce que tu as fait ? demanda le chevalier.

L'autre eut un sourire effrayant :

– Tu plaisantes ?

– Ainsi, ton propre père était damné par ta faute, pour l'éternité ! Et ça ne t'empêche pas de dormir…

Il y eut un interminable silence pendant lequel Galeran ne cessa d'observer son ancien compagnon d'armes.

– Enfin, soupira le chevalier, venons-en à toi.

– Moi, j'ai vu dans cette histoire l'occasion de

m'équiper, de lever une troupe et d'aller me battre au loin comme j'en avais eu l'envie depuis toujours. Alors, je me suis contenté de rapporter les lingots au château et de les cacher, puis de rouler quelques caillasses devant l'entrée de la mine. Cela suffisait à mon bonheur !

– Pourtant, l'endroit peut encore rapporter son poids d'argent, rétorqua le chevalier en montrant le lingot posé sur la table.

– Je sais, je sais, dit Broérec, mais, pour moi, tout ça c'est du passé, Galeran. Et puis, tu sais certainement combien l'exploitation d'une mine est lourde en frais et surtout en main-d'œuvre. J'avoue avoir pensé, il y a bien longtemps quand ma dame était encore là, à l'exploiter. C'était d'ailleurs Mechtilde qui m'y poussait. Elle m'a raconté que des filons de plomb argentifère avaient été trouvés près de chez elle à Goslar, dans le Harz et que cela avait fait la richesse des habitants de la région. Elle m'avait même proposé de faire venir des mineurs de là-bas !

– Il est vrai que l'on retrouve des mineurs germaniques jusque dans les mines du Pays de Galles ! répondit Galeran. Ils sont connus pour leur savoir-faire et leur habileté. Qu'as-tu décidé à l'époque ?

– De ne surtout rien faire, il fallait verser un salaire princier à ces hommes et je me suis dit que j'y perdrais plus que je n'y gagnerais !

– Je vois, dit Galeran.

Puis après un long silence :

– Dis-moi Broérec, montes-tu souvent en haut du donjon ?

– Oui, parfois, quand il y a une alerte. Mais c'est le travail de Drogon, c'est lui qui s'occupe des hommes d'armes et des tours de guet. Il y est d'ailleurs en ce moment.

– Eh bien, c'est là qu'il nous faut aller tout de suite, dit le chevalier en se levant, le temps nous presse.

Broérec qui semblait abasourdi, suivit sans protester Galeran et ils arrivèrent l'un derrière l'autre au dernier étage.

28

La matinée était déjà bien avancée et la silhouette sombre et tourmentée du Menez Mikêl tranchait sur le bleu vif du ciel. Des corneilles tournoyaient en criant au-dessus du donjon. Mais le chevalier, penché sur le parapet, ne leur prêtait guère attention, il observait le lointain filet de fumée qui s'élevait au-dessus de la futaie.

Ce feu de chasseurs, comme disait Drogon, qui brûlait de jour comme de nuit ! Le chevalier savait intuitivement qu'il indiquait la position de l'ancienne mine d'argent.

Il se contenta de désigner la mince colonne de fumée et déclara :

– C'est là qu'il nous faut aller, Broérec.

Le géant se pencha à son tour et grogna :

– Il n'y a pas de doute, ce feu est bien dans la direction de la vieille mine, mais cela ne veut rien dire. Qui aurait pu oser reprendre l'exploitation d'un tel endroit. Entre les inondations, les éboulements et les ronces qui ont dû prendre possession des lieux, je suis persuadé qu'il n'y a là rien d'autre qu'un feu de braconniers.

– Tu connais beaucoup de braconniers qui envoient de jour comme de nuit des signaux de fumée pour signaler leur position ? rétorqua le chevalier.

Drogon qui était resté silencieux, s'avança alors :

– Père a raison, chevalier. Quand nous avions fait une reconnaissance de ce côté avec les mastiffs, nous n'avions rien trouvé d'autres que des restes de feux de chasseurs. Mes chiens avaient peur d'aller dans ce chaos rocheux. C'est plus un repaire de loups que d'hommes…

Le chevalier se retourna et plantant son regard clair dans celui du jeune homme lui rétorqua :

– C'est bien mon avis, Drogon.

Après un temps de silence, Galeran demanda au jeune homme :

– Tu sais où est la mine, n'est-ce pas ?

–…

– Mais si, souviens-toi, je vous y ai emmenés, voici quelques années avec Jestin, dit Broérec. Je voulais que vous connaissiez votre domaine au cas où je ne reviendrais pas de Vitré. C'est effectivement à peu près là où il y a cette satanée fumée.

– Oui, père, c'est vrai, répondit Drogon après un temps de réflexion. Mais pour moi, c'était resté un tas de rochers comme un autre. Je n'y ai guère prêté attention.

– Baste ! Assez discuté, allons là-bas si tu le désires ! Tu verras bien que l'endroit est inaccessible et quant à moi, je réglerai leur compte aux braconniers.

Drogon qui avait écouté sans mot dire, demanda à son père l'autorisation de se retirer.

– Eh quoi, mon fils, nous avons besoin de ton bras… et de tes chiens ! rétorqua Broérec d'un ton bourru. Tu viens avec nous. Demande à une dizaine d'hommes d'armes de se tenir prêts. Plus nos épées et tes chiens, nous devrions venir à bout facilement de ces satanés marauds.

Drogon baissa la tête et fit demi-tour sans un mot, se glissant par les échelles vers la base du donjon. Broérec qui l'avait suivi des yeux, se tourna vers le chevalier et lui dit :

– Alors, te voilà content ? Au moins, nous en aurons le cœur net.

Le chevalier avait l'air sombre, il acquiesça d'un hochement de tête, puis demanda :

– Ne peux-tu prendre davantage d'hommes d'armes, Broérec ? Il me semble, à moi, que nous risquons de tomber sur plus rude partie que tu ne t'y attends.

Broérec réfléchit, puis maugréa :

– Voyons, tu es fou, ces gens ne savent sûrement point se battre et je ne peux dégarnir davantage le camp, surtout après l'incendie de la Ferme ! Si ces braconniers veulent la guerre, ils l'auront. Je ne les crains pas.

– Comment peux-tu encore croire à cette histoire de braconniers, Broérec ? C'est une fable faite pour effrayer les curieux, tout comme ces loups géants. Et as-tu déjà oublié ce que je t'ai ramené de la Ferme ? Nous savons, toi comme moi, que ce lingot ne provient pas de ta réserve personnelle. Le moule n'est pas le même, nous avons pu le constater. Alors ? Crois-tu que Génovéfa avait une fortune suffisante pour entasser comme ça des lingots dans sa cave ?

– Bon, bon, tu as raison.

– Comment est-ce là-bas, aussi accidenté que le dit Drogon ?

– Et même plus. Il y a un chaos rocheux et un vallon hersé de falaises… mais nous en avons vu bien d'autres à Vitré. Et ici, je suis sur mon fief, Galeran, ne l'oublie pas !

Le chevalier esquissa un vague sourire, pensant, à part lui, que certains aspects de cette sinistre histoire risquaient fort de surprendre désagréablement son ancien compagnon d'armes.

– Bien, espérons que ta connaissance du terrain nous donnera l'avantage, quoi qu'il arrive. Retrouvons-nous aux écuries, j'ai besoin de m'aller équiper et je vais voir si Cléophas est de retour.

– Je ne l'ai pas vu ce matin.

– D'après Titik, il est resté près des corps puis il est parti vers la Ferme dès l'aube, mais je ne l'ai point vu.

– Crois-tu qu'il connaissait l'existence des lingots ?

– Je ne sais, Broérec. Mais allons-y, nous avons assez perdu de temps et le jour s'avance.

Les deux hommes se laissèrent glisser le long des échelles. Du haut de l'étroite meurtrière de son réduit, Galeran vit Broérec se diriger vers les écuries où les hommes d'armes, secoués par les hurlements de Drogon, s'affairaient autour des chevaux.

On entassait des javelines et des arcs le long de la palissade, les hommes mettaient leurs broignes et prenaient leurs écus.

« À partir de maintenant, pensa le chevalier, tout va se jouer. »

Le chevalier enfila sa broigne puis son escoffle de cuir brun qu'il lissa avec application pour la défroisser. Il aimait le cérémonial de ces préparatifs et comme avant l'adoubement, prenait toujours le temps de se recueillir avant de combattre.

Il noua sa ceinture, glissant son poignard dans le fourreau de cuir et sentit monter en lui l'excitation particulière des jours de bataille. Ces petits matins où l'on savait que l'on allait en découdre et que peut-être ce serait pour la dernière fois.

Le chevalier prit son épée courte et sortit, tirant lentement la porte du réduit derrière lui.

29

Une eau verdâtre ruisselait sur les parois recouvertes de salpêtre de la vaste salle souterraine. Une torche achevait de se consumer, diffusant une ultime lueur. Il faisait très froid et les enfants, la respiration oppressée, dormaient serrés les uns contre les autres comme de petits animaux, à même le sol recouvert de paille. Ce jour-là à cause des infiltrations et de l'effondrement d'une des galeries, on les avait laissés dormir plus qu'à l'habitude.

Un pas lourd résonna dans le tunnel qui menait à la salle, réveillant quelques enfants transis. C'était l'heure du repas.

Les plus jeunes, épuisés, continuaient à dormir d'un sommeil sans rêve, jusqu'à ce que leurs compagnons les secouent.

L'homme qui déboucha dans le tunnel était un robuste gaillard vêtu d'une escoffle de peau de chien et de braies en cuir. Il tirait en soufflant un chariot sur lequel était posé une grande marmite fumante.

Quand il ouvrit la grille du dortoir des gosses, la plupart étaient déjà debout, oscillant sur leurs jambes. Avec leurs vêtements en lambeaux, leurs corps amaigris et leurs bols tendus, ils avaient un air pitoyable auquel l'homme ne prêta pas attention.

Tous les matins, il apportait aux prisonniers, leur premier repas de la journée. Une infâme bouillie de céréales qui n'avait qu'un seul mérite, celui d'être à peu près chaude. Le cuistot, dans ses jours de bonté, y jetait quelques os que se disputaient les enfants.

Malgré l'odeur qui montait de la marmite, les gamins avaient faim et se battaient pour se servir de l'épais brouet.

Tout à coup, un des gamins lâcha son bol en gémissant, il se roula par terre en vomissant, cognant avec frénésie son front par terre, griffant le sol de ses ongles.

Le geôlier grogna et s'approchant du gamin, lui saisit la tignasse afin de le forcer à lever la tête. Un regard lui suffit : les yeux révulsés, les vomissements, les convulsions… le gaillard fit signe à deux garçons qui regardaient la scène d'un air effaré, de soulever l'enfant malade et de le suivre. Les ordres du chef étaient formels, les malades devaient rapidement être séparés des autres.

Certains gosses se tordaient dans d'horribles douleurs avant de perdre la raison, d'autres se vidaient, pris de diarrhées et de vomissements, d'autres encore étaient paralysés mais, de toute façon, la mort finissait par venir les chercher tous.

Une salle spéciale était faite pour les accueillir à l'autre bout du souterrain. En fait, c'était un mouroir et rien d'autre, car aucun enfant n'en revenait jamais.

On les entendait gémir, hurler comme des bêtes blessées, puis le silence retombait plus lourd, plus pesant, jusqu'à la prochaine fois. C'est comme ça que les petits captifs disparaissaient inexorablement les uns après les autres.

Le tunnel était si étroit que la fillette n'y pouvait marcher qu'à quatre pattes. De loin en loin, des torches de résine éclairaient faiblement les parois suintantes de la mine. Mônik progressait lentement s'arc-boutant pour tirer le bloc de roche noué par une grosse corde à sa taille. Elle entendait le souffle haletant de celui qui la suivait traînant, tout comme elle, sa lourde charge.

Les infiltrations étaient nombreuses et des gouttes d'eau glacée coulaient sur la nuque de la fillette, glissant sur ses épaules juste recouvertes d'une cotte de drap usé jusqu'à la trame. Elle sentait la douleur irradier de ses genoux écorchés jusqu'à ses reins douloureux. Elle dérapa sur une dalle mouillée, s'écorchant les bras et les coudes. Elle s'arrêta un instant, les traits tirés par la fatigue, soufflant avec force. Un frisson d'épuisement et de froid la parcourut. Elle se lécha, essayant vaguement de nettoyer le sang qui coulait de ses écorchures, puis se remit à tirer la roche. Mônik craignait trop le fouet pour risquer d'être punie pour son retard.

Le garçonnet qui était devant elle, avançait lentement et elle le rattrapa sans trop de peine. Il n'avait plus que la peau sur les os et toussait sans pouvoir s'arrêter. D'instinct, Mônik sentait que celui-là allait bientôt mourir, comme tant d'autres enfants affaiblis.

Depuis le temps qu'elle était là, et cela lui semblait déjà des années, elle avait compris qu'un mal horrible les décimait et qu'elle finirait, elle aussi, dans la pièce du bout du tunnel, la « tombe » comme ils l'appelaient entre eux, avant que son corps torturé ne soit jeté dans quelque charnier.

Mônik, la p'tite Môn comme l'appelaient ses parents, venait de Braspartz, c'était une gamine vive et résistante. Grâce à elle, voici quelques jours, le jeune Kadou avait réussi à s'ensauver en plongeant dans la rivière pendant qu'elle faisait diversion. Et maintenant elle l'attendait, priant la

Vierge qu'il revienne vite. Espérant, chaque jour, le voir déboucher dans le tunnel avec des hommes de chez eux pour la délivrer de cet enfer plus terrible que tout ce que lui avait dépeint le recteur de Braspartz.

Ce qu'elle ne savait pas, Môn, c'est que Kadou était déjà atteint par la maladie quand il était parti et que son corps sans vie reposait maintenant dans le cimetière de Lannédern auprès de celui de la Fanchon !

Ils étaient une dizaine à travailler dans l'étroite galerie où se traînait la pauvre Môn, pataugeant comme elle dans l'eau glacée, cassant la roche, halant les blocs jusqu'à la zone de tri où les hommes les attendaient le fouet à la main.

Les tunnels de la mine étaient si exigus que même un adulte de petite taille ne pouvait s'y glisser. Seuls des enfants pouvaient mener à bien l'extraction du minerai.

Les garçons qui travaillaient à l'extraction, avait remarqué Mônik, ne vivaient jamais longtemps. Ils mouraient d'épuisement ou étaient touchés plus vite que les autres par la maladie. À l'aide de lourdes masses, ils faisaient jaillir des étincelles, détachant de gros blocs de galène grisâtre. Une fine poussière argentée flottait alors dans les couloirs, miroitant dans la lumière des torches. En bout de galerie, l'air se raréfiait, rendant chaque geste plus difficile encore. Les poumons s'emplissaient de cette poussière scintillante qui râpait la gorge, laissant un goût de cendre sur la langue.

Actuellement, ils étaient une quarantaine de prisonniers et une quinzaine de gardiens pour assurer tout le travail de la mine.

Seuls les enfants qui travaillaient en forêt avec les gardiens, alimentant le fourneau en bois, en foin et en brandes de bruyère, semblaient moins touchés par la maladie.

À chaque lune, la sombre silhouette du pourvoyeur se dessinait à l'entrée de la mine, escorté de quelques enfants trop crédules, aux yeux écarquillés par la crainte. Les geôliers sélectionnaient les plus robustes pour creuser la roche, mais malgré tout, le travail avançait lentement, trop lentement au gré du chef qui faisait donner le fouet pour activer la fouille.

C'est ainsi que la Fanchon avait été châtiée pour avoir osé s'arrêter dans le souterrain afin de se reposer, laissant passer son tour. Le gardien qui surveillait les entrées et les sorties avait bien vu que celle-là avait traîné. Une vingtaine de coups de fouet avaient servi d'exemple pour les autres et avaient achevé de tuer la pauvre fillette, déjà malade.

Les geôliers avaient bien pensé agrandir les tunnels pour y faire travailler des hommes mais le travail aurait été trop long. Et puis les enfants étaient plus faciles à mater, ils mangeaient moins et abattaient, malgré leur petite taille, un travail de fourmi considérable.

Et comme pour donner raison à leurs bourreaux, voici trois lunaisons, les petits captifs étaient tombés sur un riche filon de galène. Le chef avait alors décidé de faire venir davantage d'enfants pour accélérer le travail. On attendait le pourvoyeur d'un moment à l'autre. Les enfants murmuraient entre eux qu'une vingtaine de nouveaux allait bientôt grossir leurs rangs.

Depuis la découverte de ce nouveau filon, le four marchait jour et nuit, éclairant les souterrains de sa clarté rouge.

Quand Môn déboucha du tunnel, elle se redressa avec difficulté, massant ses reins endoloris de ses deux mains. Elle cligna des yeux, gênée par l'éclat des torches de la vaste salle. Plus cela allait, moins elle supportait la lumière.

Un jeune garçon s'approcha d'elle, détachant les nœuds qui attachaient la roche, libérant ainsi la fillette de sa charge. Il lui fit un petit signe de la main. Môn hocha discrètement la tête tout en enroulant la corde autour de sa taille mince. Elle se mit à nouveau à genoux et disparut par le tunnel d'où elle était sortie. Aucun mot n'avait été prononcé. Un gardien, armé d'un fouet, surveillait les opérations et frappait au moindre murmure.

Les gosses avaient donc dû apprendre à communiquer par signes et paradoxalement, le seul endroit où ils pouvaient échanger librement quelques mots était ces horribles tunnels où les adultes ne pouvaient pénétrer.

Deux adolescents portant un brancard couvert de pierres grises, chargèrent le bloc de Môn avec les autres et se dirigèrent vers la lumière du jour.

À l'extérieur, sur une plate-forme dominant le vallon, des gardiens procédaient lentement au tri du minerai destiné à alimenter la fonderie.

Une fois la galène triée, les adolescents descendaient avec leurs brancards jusqu'à la rivière où deux gardiens cassaient, à l'aide d'une lourde masse, les blocs qui étaient ensuite passés plusieurs fois au crible par les enfants avant d'être lavés à grande eau et déposés à nouveau sur des brancards.

Les plus costauds remontaient ensuite les précieux minerais vers le four.

À l'abri dans une des salles souterraines, le four était une énorme construction de briques. Un étrange dôme de métal, percé de deux ouvertures où les fondeurs logeaient leurs soufflets, le recouvrait entièrement.

Un système de chaînes et de poulies permettait de soulever ce couvercle métallique pour alimenter la cuve en minerai.

Sous le four était creusée une vaste fosse où brûlait un feu qu'il fallait alimenter de jour comme de nuit. Les flammes dévoraient rapidement les réserves de troncs, de bûches et de bruyère qu'apportaient les enfants. Une cheminée naturelle permettait l'évacuation de l'épaisse fumée.

Pour l'heure, les deux fondeurs semblaient au comble de l'excitation. Des enfants, appelés en renfort, allaient et venaient avec des seaux emplis d'eau glacée qu'ils posaient non loin de la cuve. Les fondeurs plongeaient leurs tenailles rougies dans le métal en fusion.

Voila bientôt trois jours que le feu marchait à plein.

Les hommes avaient tout d'abord déposé la galène sur le lit de briques recouvert d'une couche de cendre et d'une couche de foin. Ils avaient ensuite chauffé le minerai à feu doux pendant quatre heures jusqu'à ce que la litharge monte.

Dès l'apparition de cette première écume de plomb, ils avaient attisé le feu et activé les soufflets, faisant circuler un courant d'air froid sur la surface en fusion qui s'oxydait lentement. Une fois toute la litharge évacuée, le plomb fondu avait commencé à s'écouler lentement par une rigole à la base du four.

Maniant avec habileté les louches, les tenailles et les moules, les fondeurs avaient baissé le couvercle laissant la température monter à l'intérieur du fourneau.

Cela faisait presque cinquante heures que le plomb s'écoulait. Il fallait périodiquement creuser la rigole d'évacuation pour qu'elle ne se bouche pas.

Des lingots de plomb s'empilaient maintenant sur le côté. Mais les deux hommes, tels des alchimistes, semblaient attendre autre chose, ils venaient d'actionner les poulies pour remonter le couvercle et scrutaient attentivement la surface grisâtre du plomb en fusion, sans tenir compte des terribles vapeurs qui emplissaient la salle.

Soudain, un éclair blanc jaillit du fond de la cuve. Ce rayonnement de lumière déclencha une agitation frénétique chez les fondeurs. Hurlant des ordres, les deux hommes, aidés par des enfants, jetèrent des seaux d'eau glacée sur le métal qui se mit à fumer, noyant la salle dans un nuage de vapeur brûlante.

Quand la vapeur se fut enfin dissipée, le « gâteau » gisait au fond du four, grand disque d'argent pur à l'éclat lunaire.

Les hommes hurlèrent de joie, la récolte était bonne. Une fois refondu, ce gâteau leur procurerait bon poids en marcs d'argent.

Le minerai de galène était riche et même le plomb d'excellente qualité, coulé dans des moules, pouvait être revendu à bon prix aux marchands de Carhaix qui l'écouleraient vers le comté d'Anjou ou l'Aquitaine.

30

Après avoir passé la nuit dans une clairière, Withénoc avait réveillé le petit groupe à l'aube. Ne leur laissant pas même le temps de se restaurer, il les avait guidés jusqu'à un vallon à la végétation rare où coulait un des affluents de l'Elez.

L'endroit était sauvage et désolé et pourtant une fumée s'élevait d'une plate-forme qui surplombait la rivière et l'on entendait résonner des éclats de voix dans le défilé rocheux. Quand Kaourintin comprit ce qui les attendait, il était trop tard.

Des hommes jaillirent de derrière les rochers les encerclant sans prononcer un mot. C'était de robustes gaillards aux yeux durs, des brutes noires comme du charbon, au poil épais et à la hure hirsute.

Effrayés, les enfants se regroupèrent autour du jeune berger. Celui-ci dévisageait les hommes qui les entouraient, armés de fouets et de bâtons. Ne sachant que faire, il se tourna vers le moine noir.

Withénoc avait rejeté d'un geste brusque sa capuche et faisait face au jeune berger lui offrant son visage à découvert. Il avait abandonné son déguisement de moine clunisien pour redevenir le pourvoyeur d'esclaves. Celui qui, à chaque lune, livrait des jeunes enfants à la mine.

Malgré son assurance, ce que Kaourintin vit lui glaça les sangs, l'homme n'était pas laid, il était pire.

Son visage était lisse et dépourvu d'expression. Dans le puits sans fond de son regard, il y avait plus que de la noirceur… une absence de couleur.

Kaourintin essaya de hurler aux enfants de s'enfuir mais Withénoc se saisit de lui, lui posant son poignard sur la gorge.

– Personne ne bouge ou je l'égorge !

La voix du moine était aussi calme qu'à l'habitude. Les enfants y perçurent juste une note d'impatience et ils comprirent aussitôt que cet homme redoutable égorgerait sans hésitation le jeune berger. Anna avait saisi une fillette par la main et reculait lentement. Goranton regardait le visage livide de Kaourintin.

– Dis-leur de se tenir tranquille si tu ne veux pas voir ton sang ! intima le moine au berger.

Le corps raidi, Kaourintin réfléchissait à toute vitesse. S'il donnait l'ordre aux enfants de s'enfuir, quelques-uns arriveraient peut-être à quitter cette nasse. Il articula lentement :

– Crois-tu donc que je craigne de rejoindre Notre Seigneur, Withénoc ? Puis il essaya de crier :

– Sauvez-vous les enfants, sinon il nous tuera de toute faç…

Le moine enfonça la pointe dans le cou du jeune homme faisant jaillir un mince filet de sang. Kaourintin essaya de se débattre sans succès, Withénoc le tenait fermement, continuant à appuyer sa lame. Goranton hurla :

– Arrêtez ! Nous ne bougerons pas, je vous en fais serment.

– Heureusement qu'ils sont plus raisonnables que toi, dit Withénoc en retirant sa lame ensanglantée et en jetant le berger par terre.

Anna se précipita près du jeune homme pour l'aider à se relever. Le garçon toussa, un peu de sang coulant d'entre ses lèvres. Anna déchira une bande de tissu de sa cotte de toile et la noua délicatement autour du cou du jeune berger.

Plus pâle encore qu'à l'ordinaire, Kaourintin s'appuya sur la fillette pour se relever. La tête lui tournait et il se força à respirer lentement essayant d'ignorer la douleur qui lui taraudait la gorge.

– Que nous réserves-tu Withénoc ? dit-il d'une voix éraillée.

– Moi, rien, j'ai fait ma part, Kaourintin.

– C'est toi, bien sûr, les disparitions ? J'y avais pensé, mais je ne pouvais pas le croire. Pas toi, un moine clunisien !

– Tu n'es qu'un enfant, Kaourintin et en plus, un imbécile. Je ne suis pas plus moine clunisien que tu n'es évêque !

– À voir tes attitudes, j'aurais pourtant juré que tu étais moine, répliqua le berger ignorant les injures de Withénoc. Qui es-tu alors ?

– Tu n'as pas totalement tort, j'ai été moine, il y a bien longtemps. Mais qu'importe, Kaourintin.

Ton chemin et le mien se séparent ici, après tout, j'ai tenu ma promesse, je t'ai guidé vers un nouveau monde. Tu es arrivé en Terre promise, mon bon ! lâcha l'homme avec un rire grinçant.

Le jeune berger abasourdi, murmura comme pour lui-même :

– Tu as raison, je ne suis qu'un imbécile. Je me suis laissé berner. Pire que cela, j'ai entraîné ces innocents avec moi.

– Que dis-tu ? lui demanda Withénoc qui n'avait pas saisi les paroles du jeune homme.

– Quel est cet endroit, Withénoc, celui où est morte la Fanchon ? Et les fils de la Janik, c'était toi ? Ils sont ici ?

– Du calme, Kaourintin. Tu vas retrouver les fils de la Janik s'ils sont encore vivants et quelques autres de tes soi-disant déserteurs.

Pendant qu'ils parlaient, les gardiens avaient commencé leur tri, séparant les enfants les plus robustes des autres. Une gamine hurla quand un homme la saisit la forçant à lâcher son petit frère.

– Withénoc, si tu peux empêcher cela, fais-le ! Sors-les d'ici, je t'en conjure.

– Tu délires Kaourintin, pour moi, vous n'êtes rien d'autre que quelques deniers de plus dans ma bourse. Allez, avance, on t'attend, imbécile !

Et Withénoc poussa le berger d'une grande bourrade dans le dos qui l'envoya rouler au pied de l'un des gardiens.

Kaourintin se releva. Il regarda une dernière fois le moine et suivit, la mort dans l'âme, la file des enfants qui se dirigeait vers la mine.

31

Cela faisait maintenant plusieurs lieues que les hommes de Broérec chevauchaient dans la forêt, ralentissant juste quand il fallait contourner des arbres abattus en travers de la sente. Thustan galopait un peu en arrière, au côté de Broérec et de Drogon. Les grands molosses couraient sans bruit, distançant les cavaliers de leurs souples foulées, plus habiles à surmonter les obstacles que les lourds chevaux des hommes d'armes.

Seul Quolibet, l'encolure couverte d'écume, talonnait les mastiffs, il avait senti que la bataille était proche et du coup, retrouvait toute sa fougue. Galeran lui laissait la bride, sachant par expérience, que le hongre serait ainsi plus agile.

Les deux vieux camarades de combat faisaient corps et le chevalier se souvenait des nombreuses occasions où son destrier lui avait, par ses habiles manœuvres et sa rapidité, évité des coups mortels.

Drogon, qui cinglait sa monture avec fureur, le rattrapa, lui faisant signe de ralentir. Ils arrivaient devant un chaos rocheux et le fils de Broérec s'arrêta en levant le bras, donnant ordre aux autres cavaliers de faire de même.

– Eh bien, moi qui croyais que ton cheval ne valait rien ! dit Broérec qui avait poussé sa monture près de celle du chevalier.

– Il est comme son maître, il sait tromper son monde, répondit Galeran en flattant l'encolure du hongre. Le vent souffle vers nous, observa-t-il, c'est plutôt une bonne chose, nous courons moins le risque d'être entendus. Nous sommes encore loin de la mine ?

– Que non pas, derrière ce chaos, il y a un défilé abritant le lit de la rivière où se jettent les areines de la mine.

– Les areines ?

– Oui, ce sont les anciennes galeries de drainage de la mine, quoique maintenant, elles doivent être obstruées. Par ce vallon, on peut accéder à une plate-forme qui donne accès à la mine.

– Tu veux dire qu'il faut passer par ce défilé ? Il n'y a pas d'autre possibilité que de se glisser par ce coupe-gorge ? Et par le haut, en contournant la falaise ?

– S'il y a du monde qui nous attend, nous serions en plus mauvaise posture. Tout est dégagé sur le sommet, pas moyen d'approcher sans être repéré. Il n'y a pas même une bruyère pour se cacher !

– Que proposes-tu alors ?

– Déjà, on laisse les chevaux, dit-il en sautant de sa monture. Nous avons un bon quart d'heure de marche pour être à l'entrée du défilé. Thustan, apporte le sac que je t'ai fait préparer !

Thustan s'exécuta et posa au pied de Broérec un gros sac de toile dont il trancha le lien.

– Tiens, sers-toi dit Broérec en tendant à Galeran une lanière de tissu graisseux. On a pris ce qu'on a pu, il fallait faire vite.

Galeran saisit la lanière que lui tendait le géant puis en prit une autre, bientôt imité par les hommes d'armes et par Drogon.

Quand tout le monde fut prêt, les bottes enveloppées de tissus, Broérec donna le signal du départ. Le seigneur du Huelgoat avait pris la direction des opérations et Drogon, d'habitude si avide d'action, restait en arrière, obéissant, lui aussi aux injonctions de son père qui s'en aperçut et esquissa un sourire.

– Allez, on baisse les capuches et on y va ! Toi là, tu gardes les chevaux. En avant, les hommes ! ordonna Broérec, retrouvant le ton de commandement qu'il avait à Vitré quand ils partaient en patrouille.

Le vieux guerrier reprenait du poil de la bête et Galeran se dit qu'à la réflexion, il le préférait ainsi.

Après avoir contourné les éboulements, les hommes se retrouvèrent à l'entrée d'un long défilé aux parois escarpées. Tout était étrangement silencieux, trop silencieux. Les parois rocheuses, aussi abruptes que des falaises, les surplombaient. Un ruisseau bordé d'une plage de galets et de rares fourrés, coulait au milieu de cette combe sauvage.

Plus on approchait du but, et plus Galeran trouvait l'endroit idéal pour une embuscade.

Certes, les hommes avaient progressé en silence mais on ne trompe pas si facilement un bon guetteur.

Le chevalier se fit d'ailleurs la réflexion que, depuis qu'ils avaient pénétré dans le vallon, aucun oiseau ne s'était manifesté.

Le silence devenait pesant et il lui semblait n'entendre que le bruit de leurs propres pas et le cliquetis des épées pendant à leurs côtés.

La rivière coulait paisiblement, un rayon de soleil dépassant la haute paroi, la fit miroiter, éblouissant un instant les hommes d'armes. L'endroit eût été idyllique si le chevalier n'avait craint qu'il ne se transforme brutalement en charnier.

Il sentait ses doigts se serrer malgré lui sur la garde de son épée.

Il se retourna, Drogon et Thustan fermaient la marche, les deux mastiffs sur les talons.

C'est à ce moment précis que se produisit l'attaque.

Un grondement sourd, annonciateur d'une avalanche, retentit derrière eux. De lourds blocs de pierre dévalaient la pente en rebondissant, bloquant toute possibilité de retraite.

Une volée de flèches meurtrières partit du haut d'une des falaises, achevant de semer le désordre dans la troupe de Broérec.

– À couvert ! À couvert ! hurlait celui-ci en désignant un amas de roches à ses gens.

Des hurlements retentirent, deux hommes avaient été atteints par les flèches. Traînés par leurs camarades, ils se retrouvèrent à l'abri, accotés à la falaise.

Aucun assaillant ne s'était montré. D'ailleurs, le tir s'était arrêté aussi brusquement qu'il avait commencé. Le chevalier, agenouillé derrière un roc à quelque distance des autres, se demanda ce que cela cachait. On n'entendait plus rien.

À l'entrée du défilé, les blocs de pierre s'étaient immobilisés dans leur course. La poussière achevait de retomber mais l'on voyait déjà qu'il n'y aurait pas d'issue possible de ce côté-là.

– Galeran ! appela Broérec. Galeran, viens près de moi !

Après un bref regard autour de lui, le chevalier courbé en deux, partit en courant, se mettant à couvert du mieux qu'il pouvait. Il se glissa, sans encombre, près du géant et rejeta sur ses épaules sa capuche couverte de poussière.

– Qu'en penses-tu ?

– Pas grand-chose de bon, pour l'instant. Comme on pouvait s'y attendre. Nous sommes en mauvaise posture, répondit le chevalier, la mine assombrie. Sommes-nous encore loin de l'entrée de la mine ?

– Non. On ne la voit pas d'ici à cause de la végétation. Mais nous sommes tout près. Et si…

– Rendez-vous et il ne vous sera fait aucun mal ! clama une voix que Galeran crut reconnaître.

– Allez au Dia… commença à hurler Broérec mais Galeran le retint.

– Broérec, Broérec, souviens-toi de Vitré. Nous nous sommes rendus ! dit le chevalier avec un sourire entendu.

Broérec réfléchit puis partit d'un rire silencieux qui lui secoua les épaules.

– Oh oui, mon ami, tu as raison, rendons-nous. Tiens, mais où sont Drogon et Thustan ? dit le géant en regardant autour de lui.

– Drogon fermait la marche avec les mastiffs et je crois que Thustan l'attendait sur le côté quand l'éboulis a eu lieu.

– Par le sang, tu crois qu'ils ont été écrasés ?

– Que nenni, Broérec. Je pense, au contraire, que nous allons les retrouver d'ici peu.

– Que veux-tu dire ?

– Donne tes ordres, Broérec, il n'y a pas de temps à perdre, tes hommes attendent et ceux d'en face aussi.

Le géant se tourna vers ses hommes agenouillés et gronda :

– Les épées au fourreau, les gars, on se rend.

Puis il ajouta un ton plus bas :

– Les dagues dans la manche et prêts à dégainer à mon signal.

Les hommes d'armes avaient compris et s'exécutèrent rapidement.

– Nous nous rendons, hurla Broérec.

Un temps passa, puis la voix retentit à nouveau :

– Sortez de là, les uns derrière les autres, et marchez lentement vers nous, il ne vous sera fait aucun mal.

C'est à ce moment que Galeran aperçut l'homme dont il avait reconnu la voix.

Le moine noir, sa capuche masquant toujours son visage, se tenait à quelques pieds d'eux, escorté de quatre robustes gaillards, armés de redoutables masses d'armes.

– N'ayez crainte, il ne vous sera rien fait si vous vous rendez, je vous en donne ma parole, assura-t-il encore.

Les gens d'armes sortirent lentement un à un de leur abri précaire et attendirent les ordres de leur chef. Broérec passa devant eux et se dirigea lentement vers Withénoc, les mains levées au-dessus de sa tête.

– Jetez votre lame, cria celui-ci en avisant le cimeterre qui pendait au côté du géant.

– Elle est au fourreau, ma lame. Que crains-tu, que je ne dégaine plus vite que tes archers ne tirent ? Couard de moine noir ! hurla Broérec en continuant à marcher vers Withénoc.

Galeran qui le suivait de près, interpella le moine :

– Eh bien, Withénoc, on se retrouve ! Te voilà plus bavard qu'à Lannédern.

– Messire Galeran, lui répondit le moine de sa voix au timbre désagréablement sourd. Je vous avais pourtant averti qu'il était dangereux d'être curieux en ce pays…

Le moine s'interrompit brusquement.

Au-dessus d'eux retentit un long hurlement de terreur. Un homme roula du haut de la falaise et s'écrasa à quelques pas du faux moine. Un moignon déchiqueté et sanglant pendait à la place de la cuisse du malheureux, les hommes levèrent la tête et aperçurent la silhouette massive d'un des mastiffs.

Une expression d'intense stupéfaction se peignit sur les traits des gaillards qui escortaient le moine noir.

En un éclair, Broérec comprit que son fils était arrivé, par on ne sait quel miracle, à grimper en haut de la paroi et avait lancé ses molosses aux trousses des archers ennemis. Il se mit à invectiver ses gens d'armes :

– À l'attaque, bande de chiens. Sus à l'ennemi ! Tue, tue !

Et sortant sa redoutable lame de son fourreau, il fonça vers le moine, en la brandissant au-dessus de sa tête comme une bannière de métal.

Poussant un hurlement de défi, les hommes de Withénoc se ruèrent à sa rencontre, faisant tournoyer leurs masses d'armes.

Galeran, dégaina son épée et se plaça vivement aux côtés de Broérec. Esquivant de justesse les longues pointes acérées, il se fendit, enfonçant d'un coup sa lame dans l'aine de son adversaire. Retirant la pointe rougie, il se retourna et d'un coup terrible, trancha le haut du crâne du deuxième homme qui s'écroula sans un cri.

Le chevalier s'apprêtait à bondir à nouveau mais le sifflement caractéristique du cimeterre retentit avant qu'il ait eu le temps d'intervenir. Il y eut comme un éclair et un troisième homme roula dans la poussière... à quelques pas de là, sa main serrait encore sa lourde masse.

Devant ce carnage, le dernier acolyte hésita un instant, ce qui lui fut fatal, Broérec lui fit voler la tête d'un simple mouvement de sa lame courbe.

– Eh bien, tu n'as pas perdu la main, s'exclama le chevalier. Attention, derrière toi, Broérec !

Après avoir contourné les combattants, Withénoc s'était rapproché, une fine lame à la main, visant les larges épaules de Broérec, mais c'était oublier Galeran qui s'interposa, mordant de son épée la gorge du moine.

– Par ma foi, l'ami, lâche ton arme ou tu es un moine mort !

Withénoc obtempéra et laissa glisser sa dague entre ses doigts. Puis il se tourna lentement vers le chevalier et rejetant sa capuche sur ses épaules, dévoila ce visage impassible et lisse qui avait tant effrayé le jeune Kaourintin.

Il fixait Galeran, les pupilles étrécies comme si la lumière du jour lui était pénible.

Le chevalier baissa sa lame, l'appuyant sur les côtes de Withénoc.

– Eh bien, le moine, on dirait que le sort ne t'est pas favorable, gronda-t-il, impressionné malgré lui par l'étrange faciès du moine et se demandant vaguement quel tour lui réservait encore l'étrange personnage.

L'homme ne semblait pas même inquiet.

– Allez, passe devant ! Et n'essaye pas de t'ensauver ou de me faire un mauvais parti ou je t'embroche, foi de chevalier.

Withénoc haussa les épaules en obéissant :

– Que croyez-vous que je puisse faire, seul et sans arme contre vous et vos hommes ?

– Tiens tes distances, Withénoc. À défaut de connaître ta force, j'ai pu apprécier ta fourberie. Avance, maintenant, dit le chevalier en le fouillant rapidement avant de le pousser devant lui de la pointe de son épée, comme s'il s'agissait d'un animal malfaisant.

Précédés par Broérec et par le chevalier, les gens d'armes progressaient rapidement, lorgnant avec méfiance les hauteurs du défilé.

Mais ils ne rencontrèrent aucun adversaire, seuls quelques cadavres déchiquetés achevaient de perdre leur sang dans l'eau claire de la petite rivière.

Aucune autre flèche ne fut décochée mais l'on entendait par moments, venant de la falaise, des hurlements déchirants ponctués d'aboiements sauvages. Les archers avaient apparemment fort à faire avec les molosses de Drogon.

Quand les hommes arrivèrent au pied des marches qui menaient à la mine, ils n'y trouvèrent âme qui vive.

Drogon, Thustan et les mastiffs avaient fait un vrai massacre, la plupart des gardiens avaient été sauvagement égorgés.

Le corps d'un archer gisait dans une mare de sang au pied des marches de pierre qui menaient à la plate-forme de tri. Malheureusement pour lui, l'homme n'était pas encore mort, il gémissait, la moitié du visage emportée par la redoutable mâchoire des molosses. Broérec se pencha sur lui et lui trancha la gorge.

– Il était mort de toute façon, grogna-t-il.

En levant les yeux, le chevalier aperçut la silhouette de Drogon sur la plate-forme. Un homme se traînait à ses genoux, le suppliant visiblement de l'épargner.

Les gens de Broérec gravirent rapidement l'escalier de pierre. Quand ils prirent pied sur le plateau rocheux, l'homme gisait dans son sang, la lame de Drogon lui avait percé la poitrine.

– Pourquoi tu l'as tué celui-là ? dit Broérec en montrant le cadavre qui portait l'épais tablier de cuir des fondeurs. Il n'avait pas l'air bien dangereux et n'était pas même armé !

– J'ai décidé qu'il n'y aurait pas de quartiers, siffla Drogon entre ses dents.

Le jeune homme était en sueur, les cheveux emmêlés, la lame rougie, il soufflait avec force. On le sentait ivre du sang versé.

– Si Thustan et les chiens ont bien fait leur

ouvrage, ils doivent être tous morts maintenant ! continua-t-il.

– Tu aurais pu nous en laisser découdre, dit Broérec.

Des hurlements de terreur et des aboiements retentissaient dans une des galeries souterraines débouchant sur la plate-forme :

– Écoute, Broérec, ce sont des gosses qui crient ! Tiens, toi, garde-moi celui-là, tu en réponds sur ta vie, s'exclama le chevalier en poussant Withénoc vers un des hommes d'armes.

Suivi de Drogon et de Broérec, le chevalier se mit à courir dans la galerie d'où venaient des appels déchirants. Ils arrivèrent dans la salle qui servait de dortoir aux enfants.

Kaourintin et Goranton avaient réussi à bloquer la grille avec une lourde barre de bois, mais les mastiffs, excités par Thustan qui les aidait de sa hache, l'ébranlaient dangereusement.

Les babines en sang, les molosses avaient commencé à s'attaquer à la lourde grille, déchiquetant de leurs crocs, les montants de bois. Les enfants, massés à l'autre bout de la grotte, derrière le jeune berger, hurlaient de terreur. Kaourintin et Goranton avaient saisi chacun de lourdes pierres, armes dérisoires face aux molosses et faisaient face courageusement, attendant que la grille se brise.

– Drogon, rappelle tes chiens ! hurla le chevalier en se tournant vers le fils de Broérec. Thustan, ne bouge plus. Pose cette hache ou, par Dieu, je t'embroche !

– Tu oses me donner des ordres ? grogna

Drogon, la bouche déformée par un rictus haineux.

– Fais ce qu'il te dit et vite ! hurla Broérec, en saisissant violemment son fils par les épaules. Rappelle tes chiens, c'est des gosses, Drogon. C'est fini !

Un long sifflement sortit des lèvres de Drogon. Les mastiffs s'arrêtèrent net, gémissant soudain comme des chiots.

Thustan sembla hésiter puis jeta sa hache au pied du chevalier en haussant les épaules.

– Qu'est-ce qui vous a pris ? gronda Galeran. Vous ne vouliez laisser personne de vivant dans cette mine ?

– Qui sont tous ces gosses ? demanda Broérec stupéfait en voyant les gamins qui se cramponnaient maintenant à la grille.

– Tous ceux qui ont disparu, que ce soit de Braspartz, de Saint-Herbot ou d'ailleurs. Et, comme tu le vois, ceux de Lannédern, dit le chevalier en ouvrant la grille du dortoir.

– Vous nous avez sauvés, messire, dit Kaourintin. Sans votre aide, ce diable avec ses chiens nous aurait tous égorgés.

Le jeune berger tremblait de peur contenue. Le chevalier lui posa la main sur l'épaule :

– C'est fini, Kaourintin. Tout va aller, maintenant. Emmène les enfants dehors, près de la rivière. Qu'ils se réchauffent et se reposent un moment, le chemin du retour risque de leur paraître long et difficile.

– Bien, dit le jeune homme en faisant signe à la petite troupe de le suivre.

Le chevalier sentit une petite main se glisser dans la sienne et baissa la tête. Une fillette aux vêtements en lambeaux, l'air épuisé mais heureux, le dévisageait.

– Grand merci, messire, que Dieu vous protège. Jamais ne vous oublierai, dit-elle d'un ton grave.

– Qui es-tu, fillette ?

– Je me nomme Môn, la p'tite Môn, je viens de Braspartz, messire. Donnez-moi votre nom que je prie la Vierge pour vous.

– Je me nomme Galeran de Lesneven, fillette. Cela doit faire bien longtemps que tu es là, dit-il en détaillant le pauvre visage marqué et les cheveux parsemés de mèches blanches de l'enfant.

– Oh, oui, messire, bien longtemps ! s'exclama-t-elle. C'était comme l'Enfer sans être mort !

Le chevalier, ému, lui caressa la joue et la fillette s'en fut vers la lumière. Là, éblouie, elle s'effondra à genoux. Un des gamins la prit doucement par les épaules et l'aida à descendre vers la rivière.

32

Galeran émergea de la galerie avec un soupir de soulagement. La désolation et la mort semblaient suinter des parois de cette mine où tant d'enfants avaient été atrocement martyrisés.

Broérec avait donné ordre à ses gens de fouiller

la caverne de fond en comble, mais on ne trouva personne, apparemment tous les gardiens avaient fui ou avaient été tués. Thustan avait disparu. Seul Drogon, immobile, était resté sur la plate-forme.

Les hommes d'armes ne ramenèrent que des cadavres, et une importante provision de lingots d'argent et de plomb de belle qualité.

« Même peu nombreux, les gardiens de la mine se sont laissés surprendre bien facilement, songea le chevalier. Le seul témoin vivant de toute cette affaire reste Withénoc. »

– Eh bien, Withénoc, tu dois te sentir bien seul maintenant ? dit Galeran, en se dirigeant vers le moine noir qui attendait, imperturbable, toujours sous la garde d'un des hommes de Broérec.

Le moine ne répondit pas, et Galeran s'aperçut qu'il fixait Drogon avec intensité. Le fils aîné de Broérec leur tournait le dos, observant la combe et les allées et venues des gens d'armes.

– Withénoc, dit le chevalier en prenant rudement le moine par le bras. Viens, nous avons à causer, toi et moi.

– Je n'ai rien à vous dire que vous ne sachiez déjà, dit le moine en détournant les yeux.

Le chevalier esquissa un sourire :

– Tu es courageux à ta façon, le moine, et malin comme un goupil ! Mais crois-tu que cela suffira à te sauver la vie ? murmura le chevalier à l'oreille de l'homme.

Le moine parut hésiter un court instant, puis répondit sur le même ton :

– Je serai mort avant d'avoir ouvert la bouche et vous le savez. En fait, chevalier, je suis déjà mort mais j'aimerais ne pas partir seul.

– Rien de plus triste, en effet, que de s'en aller sans compagnie vers le gibet ! Je pourrai peut-être arranger cela, mais il va falloir parler, Withénoc, non seulement à moi, mais surtout à Broérec ! Allez, on descend, passe devant ! dit le chevalier en désignant l'escalier de pierre.

Broérec, plutôt satisfait de cette expédition qui allait, du même coup, régler ses problèmes avec les paysans et remplir les caisses du château, allait et venait, discutant avec ses gens.

Une seule ombre au tableau, il avait vaguement espéré, du même coup, retrouver Jestin. Or son cadet n'était nulle part. Il avait questionné, en vain, le berger et les autres enfants, personne n'avait vu le jeune seigneur.

Deux hommes d'armes partirent chercher les chevaux. Ils avaient escaladé l'éboulement pour gagner du temps et devraient, au retour, passer de l'autre côté du défilé.

Le reste des hommes faisait la chaîne pour sortir le butin de la caverne et Broérec regardait les lingots s'empiler avec une joie évidente.

– Allez avance, Withénoc ! dit le chevalier en poussant le moine vers le seigneur du Huelgoat. Le moine a quelque chose à te dire, Broérec.

– Ah oui, et quoi donc ? rétorqua le géant en dévisageant le moine. C'est toi le responsable de tout ceci, n'est-ce pas ?

– Non, je ne suis pas le responsable. Le seul chef ici, c'est…

Ce furent les dernières paroles du moine noir. Il y eut comme un bref sifflement. Withénoc sursauta, se tourna lentement de côté puis bascula en avant et s'affaissa lourdement dans la poussière. Une longue flèche à l'empennage brun était plantée juste derrière son oreille et le sang s'était mis à ruisseler. Le moine était mort avant d'avoir touché le sol. Un rictus déformait ses traits, leur donnant l'aspect d'un masque grimaçant.

Il y eut un moment de stupeur, puis le chevalier se jeta sur Broérec. Les deux hommes roulèrent sur le sol, essayant de gagner un abri.

Aucune autre flèche ne fut tirée, Drogon arriva en courant vers son père :

– Père, vous n'êtes pas touché ?

– Non, tout va bien, dit Broérec en se relevant. Tes chiens ont dû oublier d'étriper un archer.

– Je les ai envoyés réparer cette erreur. Celui qui a fait ça n'en a plus pour longtemps à vivre. Il devait te viser et c'est cette âme damnée qui a pris, la perte n'est pas grande !

– La perte est immense, au contraire, rétorqua le chevalier. C'était le dernier témoin de cette étrange affaire.

– Qu'avons-nous besoin de témoins, messire chevalier ? s'exclama Drogon moqueur. Nous avons récupéré une fortune et les enfants vont pouvoir retourner au travail dans leurs villages ! Tout va pour le mieux !

– Drogon a raison, acquiesça Broérec en tapant sur l'épaule de son fils. Que nous importe la vie de cette charogne qui aurait, de toute façon, fini au bout d'une corde ! Ou que nous aurions livré aux villageois pour qu'ils s'amusent un peu !

Mécontent, le chevalier se détourna, il était

mortellement inquiet. Son visage s'éclaira pourtant en voyant la fine silhouette qui s'avançait vers eux du fond du défilé.

– Tiens, Broérec, je t'avais promis que tu le reverrais, vois donc qui vient !

Le géant, incrédule, regardait, sans pouvoir y croire, son fils cadet s'avancer vers eux de sa démarche souple.

Hoël, le bâtard, le suivait de près, poussant devant lui un Thustan à la figure ensanglantée et qui boitait bas.

Le chevalier jeta un vif coup d'œil vers Drogon. Le visage du jeune homme avait viré au gris, il avait reculé d'un pas comme si on l'avait frappé.

Jestin s'était avancé jusqu'à Broérec, il jeta à ses pieds un couire et des flèches empennées de brun.

– Tenez, mon père, voyez leur couleur, c'est l'une d'elles qui a tué le moine. La suivante aurait été pour vous si Hoël n'avait pas maîtrisé cet assassin, dit Jestin en pointant un doigt accusateur vers Thustan.

– Quel est encore ce conte ? dit Broérec abasourdi, dis quelque chose Thustan, défends-toi !

L'homme se contenta de secouer la tête interminablement comme s'il était pris de vertige.

Soudain, la rage s'empara de Broérec :

– Jestin, cela suffit, explosa-t-il, tu m'as plongé dans une mortelle inquiétude pendant tous ces jours… et quand tu reviens, je te vois acoquiné avec ce bâtard !

Hoël pâlit, s'apprêtant à rétorquer, mais Jestin le saisit par le bras :

– Non, Hoël, laisse-moi parler à mon père !

– Que fais-tu avec celui-là, explique-moi ? demanda encore Broérec désarçonné par l'entente qui régnait entre son fils préféré et ce bâtard qu'il haïssait.

– Père, vous feriez mieux de poser des questions à Drogon plutôt qu'à moi, lui seul connaît les bonnes réponses ! dit calmement Jestin.

– Qu'est-ce que tu nous racontes là, espèce d'avorton ! hurla Drogon.

– Puisque mon frère ne veut pas répondre, je vais le faire à sa place, dit Jestin d'un ton détaché. Thustan a tué le moine parce qu'il voulait le faire taire pour toujours. Si vous ne devinez pas pourquoi, Drogon le sait lui, il vous le dira…

– Je te ferai rentrer ça dans la gorge, hurla Drogon tirant de sa manche son poignard et d'un seul geste, le lançant sur Jestin avant qu'il n'ait eu le temps de réagir.

Touché au flanc, Jestin sauta en arrière, tirant son épée du fourreau. Haletant, le sang coulant de sa blessure, il faisait face à son frère, les yeux plantés dans les siens.

– Ça suffit, vous deux, ordonna Broérec qui sentait la situation lui échapper.

– Ceci est entre moi et Drogon, père, ne vous en mêlez pas, hurla Jestin.

Broérec hésitait, Galeran observait la scène et s'adressa à Drogon d'un ton dur :

– Drogon, il vous faudra tuer Jestin, mais aussi Hoël et moi-même pour que le silence soit fait, dit le chevalier. La partie est perdue.

– Autant en finir tout de suite, alors ! clama sauvagement Drogon en dégainant son épée et en assenant un coup sur celle de son frère qui vola à quelques pieds de là.

Hébété, Jestin faisait face, on le sentait désemparé mais décidé à se battre jusqu'au bout. Cela faisait trop longtemps que ces deux-là se haïssaient. Saisissant le poignard qui pendait à sa ceinture, le jeune homme en menaça son aîné.

– Ne bouge pas, Hoël, dit-il de ce timbre de voix qui montait dans les aigus. Père, c'est Drogon qui est derrière tout ça ! Il voulait ta mort, crois-moi je t'en prie, dit Jestin en reculant lentement, cherchant à s'adosser à la falaise.

– Pourquoi voudrais-tu qu'il te croie ? hurla Drogon en chargeant son frère, l'épée haute. Tu vas mourir, damné sois-tu, Jestin ! Nous nous retrouverons en Enfer.

Le jeune homme recula et trébucha. Il tomba en arrière et leva son poignard mais il était déjà trop tard, Drogon était sur lui.

Jestin ferma les yeux.

Un jet de sang tiède aspergea son visage.

Quand Jestin ouvrit les yeux, ce fut pour voir le corps de Drogon qui gisait décapité dans les caillasses, à deux pas de lui.

Derrière lui, Broérec essuyait la lame courbe de son cimeterre sur sa manche, il avait choisi le fils en qui il devait croire.

Jestin sentit que le sol se dérobait sous lui et perdit connaissance.

Quand il revint à lui, Galeran et Hoël étaient à ses côtés. Il ne vit pas tout de suite Broérec, qui parlait tout seul à voix basse, assis plus loin au bord du ruisseau.

Un cercle d'hommes d'armes s'était formé autour du corps sans tête. Un silence pesant régnait, juste rompu par les chuchotements de Broérec.

À l'autre bout du défilé se tenaient les enfants, serrés autour de Kaourintin, effarés par toute cette violence.

– Cela ira, jeune fille ? Vous vous en tirez bien, votre blessure n'est pas sérieuse, dit le chevalier après avoir examiné la blessure de Jestin.

– Ninian, réponds, suppliait Hoël, serrant les doigts de Jestin entre ses grosses mains.

Mais Ninian, hébétée, les regardait sans paraître les voir.

– Ce n'est rien Hoël, elle est encore sous le choc. Occupe-toi plutôt de sa plaie et panse-la. Je vais voir Broérec.

Et le chevalier se releva, il sentait, lui aussi, la fatigue le gagner. Il marcha lentement jusqu'à la rivière, ne quittant pas Broérec des yeux. Il héla les hommes d'armes qui restaient comme anéantis après ce carnage :

– Ne restez pas là à bayer aux corneilles, les hommes, vous en avez vu d'autres. Faites des brancards de fortune pour les blessés. Pour les lingots, on verra plus tard.

Les soldats de Broérec parurent sortir de leur engourdissement et obéirent avec promptitude. Galeran entendit un hennissement familier et vit des hommes d'armes qui revenaient avec les chevaux, Quolibet en tête.

Quand il arriva près de Broérec, le chevalier lui posa la main sur l'épaule avec compassion.

Broérec ne parut même pas remarquer sa présence et continua à chuchoter des phrases indistinctes.

– Il est mort, maintenant, Broérec. Il aurait fini par te tuer, au fond, tu le sais bien, dit Galeran.

Broérec leva vers lui un regard pitoyable.

– Je l'ai tué, Galeran, j'ai tué mon fils ! Pour moi, tout est noir. La seule chose vraie, c'est celle qui fait mal... le vrai Diable, c'est ça, c'est la douleur, tout le reste n'existe pas ! Trop de sang, trop de haine...

– C'est entre toi et ta conscience, maintenant. Mais si tu ne l'avais fait, je l'eus fait à ta place !

– Je sais cela, mais il y a tellement de choses qui m'échappent. Tout me paraît si confus et tu penses, comme Jestin, que Drogon avait tout manigancé ?

– Si tu veux bien, nous parlerons de cela plus tard, rentrons d'abord au château.

– Et le bâtard, que fait-il près de Jestin ?

– Ça, c'est une autre histoire, Broérec, dit le chevalier en souriant. Mais peut-être, au moment où tu viens de perdre un fils, pourrais-tu songer que celui-là n'est pas si mauvais !

– Que veux-tu dire ?

– Tu es bien assez malin pour comprendre sans que je t'explique davantage !

Broérec baissa les yeux et se leva. Il se tourna vers le chevalier.

– Rentrons, tu as raison, il me faut réfléchir. Celui-là peut venir avec nous, s'il y tient, dit-il en désignant du menton le jeune Hoël qui achevait de panser Jestin.

Les hommes d'armes venaient de finir d'ensevelir les cadavres sous des cairns de pierre quand Broérec donna le signal du départ.

Pendant ce temps, le chevalier avait eu fort à faire. Aidé par Kaourintin, il avait retiré les flèches et cautérisé les plaies des blessés avec son poignard passé à la flamme. Les deux hommes avaient ensuite été installés sur les brancards de fortune.

Le chemin du retour fut long et silencieux. Le seigneur du Huelgoat ouvrait la marche, le corps de son fils jeté en travers de sa selle, sanglé dans sa longue cape.

Le chevalier suivait. Il avait pris la petite Môn sur ses épaules et tenait Quolibet par la bride, trois gamins trônant sur la large croupe du destrier.

Les hommes de Broérec avaient laissé leurs chevaux aux enfants capables de se tenir en selle. Les plus robustes cheminaient lentement derrière Kaourintin et Goranton. On avait allongé les autres, avec les blessés, sur les brancards portés par les gens d'armes.

À l'arrière, fermant la marche, se tenaient Hoël et Jestin avec leur prisonnier.

Chacun paraissait perdu dans ses pensées.

Un hurlement sauvage retentit dans le lointain,

loup ou mastiff ? Les molosses de Drogon n'étaient pas réapparus depuis qu'ils avaient donné la chasse aux archers de la falaise.

Galeran se demanda s'ils poursuivaient encore quelques malheureux à travers bois ou si, rendus fous par le sang et profitant de la mort de leur maître, ils n'étaient pas retournés à l'état sauvage.

Il les imagina libres enfin, molosses d'Enfer chassant pour le plaisir dans les sombres monts d'Arez ou basculant, comme les y prédestinait leur sombre couleur, dans la bouillie verdâtre et bouillonnante du Youdik, passeurs involontaires de l'âme damnée de Drogon !

Cinquième partie

« Qui sert, n'est pas libre ;
Qui sent, n'est pas mort ;
Qui désire, veut ;
Qui veut, mendie... »

Marguerite Porète

33

Quand ils arrivèrent au camp, un petit groupe de paysans, conduit par Gweltaz, les attendait assis en cercle non loin de la porte charretière. Le vieux prêtre de Lannédern était avec eux, ainsi que la jeune Armelle qui s'était enfuie de son village, pour rejoindre le religieux sur la route du château.

L'irremplaçable Titik avait encore servi de messager au chevalier qui avait mandé à Gweltaz de venir en compagnie du recteur de Lannédern.

Pour l'ancien, la parole donnée était sacrée, aussi n'avait-il pas hésité un instant pour choisir quelques robustes gaillards du hameau et aller quérir le vieux prêtre en son église.

L'alarme avait été donnée par les guetteurs quand ils avaient vu les paysans s'approcher. Heureusement, Ar Fur méritait son surnom de sage et aucune flèche n'avait été décochée. Après quelques palabres, les gens d'armes avaient accepté que le petit groupe reste aux abords immédiats de l'enceinte en attendant le retour du seigneur du Huelgoat.

– Holà, père Gwen ! Holà Gweltaz ! les salua le chevalier qui venait de déboucher sur l'esplanade et avait déposé la petite Môn à terre. Merci à vous d'être venus si vite.

– Bonjour, mon fils, je venais pour enterrer dame Génovéfa et sa mesnie mais je vois que Dieu vous a aidés dans votre quête et qu'il a exaucé mes prières, dit le recteur en apercevant la silhouette de Kaourintin au milieu des enfants.

– Salut à vous Galeran de Lesneven, que Dieu vous ait en sa Sainte Garde, répondit Gweltaz.

D'un rapide coup d'œil, l'homme avait remarqué le cadavre sur la selle de Broérec, les blessés et la silhouette enchaînée de Thustan.

– Je vois que mes hommes ne vous seront guère utiles, vous vous en êtes sortis sans nous, chevalier…

– Dieu soit loué ! Nous en avons fini au mieux, répondit Galeran.

Deux garçons se détachèrent du groupe et coururent maladroitement vers l'ancien.

– Gweltaz, Gweltaz, c'est nous !

Le vieux sage parut hésiter un instant, avant de reconnaître dans ces visages amaigris ceux des robustes fils de la Janik.

– Eh bien, mes beaux fils, vous voilà dans un état ! Votre mère ne va plus vous reconnaître !

– Oui, peut-être, mais nous, au moins, on est vivants ! rétorqua le plus âgé, les poings sur les hanches.

– Tu as diantrement raison, fils, repartit joyeusement le vieux chef. Et vous aurez vite fait de redevenir de solides gaillards. Nous y veillerons.

Puis le vieil homme se tourna vers Broérec et lui adressa la parole pour la première fois depuis bien longtemps :

– Messire Broérec, puis-je, avec votre permission, les faire raccompagner au village ?

– Oui, Gweltaz, tu as mon accord, grogna Broérec. Mais que diable signifie tout ce rassemblement devant mon camp ? Que fais-tu ici avec le recteur, Ar Fur et qui est cette gamine ?

– C'est moi qui leur ai demandé de venir, Broérec, s'interposa Galeran. Quant à ces gaillards, peut-être auraient-ils pu nous être utiles, si la chance n'avait pas été de notre côté.

– Bon, bon, que ces trois-là entrent avec nous. Cela tombe plutôt bien que vous soyez là, dit Broérec en s'adressant au vieil ecclésiastique, j'aurai peut-être besoin de vos services, le père.

– Quand vous voudrez, messire, répondit le vieux prêtre qui songea que Broérec ne lui en avait jamais tant dit.

S'adressant d'un ton rogue à l'ancien, Broérec lui ordonna :

– Que tes hommes restent dehors, Gweltaz, car je n'ai que faire de paysans chez moi. Allez, en avant !

Le pont-levis fut lentement abaissé et la petite troupe pénétra dans la basse-cour. Broérec mit pied à terre et confiant son cheval à un de ses valets, souleva le corps de son fils. Fendant brutalement les rangs de ses hommes, il le porta lui-même jusqu'au donjon. Le chevalier le suivit des yeux un instant puis aperçut la silhouette de Cléophas qui venait à la rencontre de Broérec. Le vieux s'effaça pour laisser entrer son seigneur et tous deux disparurent dans le donjon.

Galeran fit mettre pied à terre aux enfants et les confia à Anna qui allait et venait avec Armelle, s'occupant de tout.

– Eh bien, Armelle que fais-tu ici ? Je ne t'avais point fait mander, que je sache ? dit le chevalier avec malice.

La jeune fille rougit et murmura :

– J'ai pensé que vous auriez peut-être besoin de moi…

– Moi, je n'en sais rien, mais peut-être qu'un certain berger, nommé Kaourintin…. Va donc le voir, gente Armelle. En l'espace d'un jour, il a beaucoup perdu et beaucoup gagné, je pense que tu le trouveras changé…

La petite ne se le fit pas dire deux fois et courut rejoindre le jeune homme.

Le chevalier suivit un instant des yeux sa fine silhouette et vit Kaourintin se détacher du groupe des enfants pour la rejoindre. Main dans la main, les deux jeunes gens s'éloignèrent. Ils allèrent s'asseoir au bord de la citerne. Apparemment, ils avaient beaucoup à se conter.

– Messire Galeran, le seigneur Broérec m'a dit de venir prendre vos ordres. Que devons-nous faire pour tout ce monde ?

L'homme d'armes, un sergent à qui Broérec confiait parfois la garde du camp quand il s'absentait, se tenait devant lui avec déférence.

– Bien, sergent, occupez-vous d'abord de leur chercher de quoi manger et aussi quelques toiles ou vieux vêtements pour les plus faibles. Mettez les blessés à la cuisine et faites conduire Thustan à la haute salle. Veillez vous-même à ce qu'il y soit enchaîné, vous m'en répondrez.

– Bien messire. Cela sera fait, dit l'homme en tournant les talons.

Une fois Quolibet à l'écurie, Galeran retourna chercher Gweltaz et le père Gwen qui étaient en grande discussion, non loin de Kaourintin et d'Armelle.

– Gweltaz, venez ! Et finissons-en avec tout ceci, vous aussi mon père et Kaourintin. Rejoignez-moi au donjon. Je vais quérir Broérec.

– Bien, messire. Et eux ? dit Gweltaz en désignant du menton Hoël et Jestin qui étaient restés au milieu de la cour.

– Dis-leur de nous rejoindre, Ar Fur, répondit le chevalier en se dirigeant vers le donjon.

34

Ils étaient tous là, réunis dans la grande salle du donjon… enfin, tous les survivants !

Broérec à demi affalé sur la table de chêne, Hoël et Jestin l'un près de l'autre sur un banc, Gweltaz et le père Gwen assis très droits, un peu mal à l'aise, le jeune Kaourintin debout derrière eux. Cléophas recroquevillé sur un escabeau, Titik à ses pieds.

Dans la pièce brûlaient les trois cierges de la mort rappelant la présence du cadavre de Drogon dans le lit clos.

C'était comme une sorte de conseil de famille,

mais une famille décimée par la haine et le crime !

Tous avaient les yeux fixés sur le chevalier qui se tenait debout devant eux.

– Eh bien, dit-il, je pense que le moment est venu d'essayer de donner un sens à ce qui, pour la plupart d'entre nous, n'a été et n'est encore qu'un mauvais rêve, un rêve abominable…

Broérec prit la parole :

– Galeran, si je t'ai appelé, c'est bien parce que depuis mon retour de captivité, je vivais dans ce rêve monstrueux. Au point que je ne savais plus si je dormais ou si j'étais éveillé. Je voulais que tu me délivres de ce cauchemar et on dirait qu'au contraire, tu m'y as enfoncé !

– Broérec, dit doucement le chevalier, ce n'est pas moi qui te délivrera mais la vérité. Es-tu prêt à l'entendre sans impatience ?

Le géant acquiesça en silence, son visage était livide et il semblait comme oppressé.

– Certains pères de l'Église et théologiens, préluda le chevalier, nient le péché originel. C'est injuste, disent-ils, de penser que la faute du premier homme, notre père à tous, rejaillisse sur l'humanité entière, que le nouveau-né dans son berceau soit, encore aujourd'hui, atteint par une malédiction si lointaine.

» Cette idée est, en effet, révoltante et pourtant, hélas, elle correspond à la plus stricte réalité. En vérité, nos paroles et nos actions nous dépassent, elles ont une puissance que la plupart d'entre nous ne soupçonnent même pas. Oui, nous pouvons bien mourir, le mal que nous avons fait continuera sans nous et après nous, d'une façon ou d'une autre.

» Ainsi, toi Broérec, quand tu as gardé par cupidité, le secret de la confession de ton père, tu as créé, sans le savoir, ton propre cauchemar, ton Youdik !

» Non seulement, c'était un acte détestable, mais comme tout acte mauvais, il était imbécile. Faut-il te le rappeler, les temps changent. Les alliances de nos grands seigneurs étendent leur pouvoir et les hobereaux dans ton genre devront disparaître ou plier l'échine, à moins justement de se montrer diplomate. Les garnisons de vingt ou trente hommes, la petite guérilla de paysans, c'est fini. La croisade nous l'a montré, la guerre déplace maintenant des milliers d'hommes.

» Imagine, par contre, la mine bien exploitée, la prospérité dans tes campagnes et le pouvoir que tu aurais pu en tirer. Tout ceci n'a même pas effleuré ton esprit. Tu voulais seulement assouvir immédiatement ton goût pour la violence et tu t'es embarqué dans une aventure militaire hasardeuse où tu as perdu plusieurs années de ta jeune vie et plus encore… mais laissons cela pour l'instant.

À plusieurs reprises, pendant ce discours, Broérec s'était agité sur son escabeau. Enfin, il dit d'un air sombre :

– Continue, ne t'arrête pas, il faut que je sache mon mal !

– Dans cette histoire, Broérec, tu m'as donné le rôle du gêneur, reprit le chevalier. Autour de moi régnait la loi du silence ! Jestin, Cléophas, Drogon, toi-même, les paysans, le père Gwen… tout le monde se taisait ou mentait.

» Enfin, quelqu'un a bougé. On a fouillé dans

mes affaires et volé la lettre que tu m'avais envoyée. C'était là une grave erreur. Pourquoi, en effet, ne pas la lire simplement et la remettre en place ? La réponse était simple, celui qui avait pris la lettre ne savait pas lire et l'avait emportée pour la faire lire à quelqu'un d'autre. Qui ne savait pas lire et avait pu avoir accès à ce moment-là à mon bagage ?

» Drogon, qui, après la chasse était rentré directement au donjon avec son père. Drogon qui avait toujours préféré la chasse au scriptorium ! Pendant que Broérec s'enfermait dans son lit, rien de plus facile que de subtiliser ce message. Mais à qui pouvait-il s'adresser pour en apprendre le contenu exact ? La réponse ne tarda pas clairement à m'apparaître, c'était dame Génovéfa.

Cléophas, en entendant ce nom, se redressa et considéra le chevalier d'un air désespéré.

– Oui, mon pauvre Cléophas, dès le début, l'histoire de ton épouse ne m'a pas paru claire. Que Drogon veuille supplanter son père, cela me semblait, en somme, assez normal. Que Thustan soit plus ou moins son complice, bon ! Que Jestin apparaisse et disparaisse, pourquoi pas ? Mais l'histoire de Génovéfa était autrement intéressante. Voilà une femme encore jeune, belle, parlant plusieurs dialectes et, en plus, bien dotée. Que faisait-elle là, au fin fond du pays armoricain ? Pourquoi n'avait-elle pas depuis longtemps plié bagage ?

» Broérec l'avait amenée d'autorité dans son repaire et l'avait mariée contre son gré à un homme déjà âgé… Seulement, au château se trouvait déjà la belle Walkyrie que Broérec avait épousée sans son consentement. La complicité entre les deux femmes sera immédiate, parce qu'elles n'avaient qu'un seul et même ennemi : toi, Broérec !

Le géant avait encore pâli, il lança à Galeran un regard furieux, se leva à moitié, puis retomba sans rien dire sur son escabeau.

Imperturbable, le chevalier poursuivit :

– Notre Géno gagne la confiance de sa jeune maîtresse et devient sa confidente. Elle apprendra ainsi l'existence de la mine abandonnée et aussi que Mechtilde aime un sien cousin, le seigneur Siegfried. Grâce à ses deniers et aux relations qu'elle avait su établir, la maligne Génovéfa permet aux deux amants de correspondre et Siegfried accourt. Le mari est à la guerre, la Ferme abritera leurs amours clandestines et alors que Broérec n'a pas réussi en plusieurs années à engrosser sa femme, Mechtilde tombe enceinte de Siegfried. Celui-ci lui promet de revenir la chercher avec une troupe bien armée. Quand il est là à nouveau, Mechtilde est en train d'accoucher… peu importe, il enlève sa bien-aimée, abandonnant la compromettante petite Ninian à Génovéfa et à Cléophas… à qui je dois cette véridique histoire !

Tout en parlant, le chevalier considérait, non sans inquiétude Broérec, s'attendant à le voir exploser. Mais le géant, le visage livide, se contenta de dire avec un calme stupéfiant :

– Continue, Galeran, continue, il me faut savoir…

– Une fois arrivés en Germanie, Dame Mechtilde

devint bigame en épousant l'homme qu'elle aimait. Mais l'Église, vous le savez, interdit les mariages entre cousins, les amants furent excommuniés et partirent en Terre Sainte où ils trouvèrent la mort…

Hoël se tourna vers Ninian :

– Mais c'est l'histoire que tu m'as contée, Ninian !

– Je te jure que je ne savais pas, c'est le père Gwen qui m'en a parlé sans me dire de qui il s'agissait !

– L'histoire tragique de tes parents est devenue célèbre dans toute la chrétienté, ma chère petite, dit le chevalier et il fallait bien être un mécréant comme Broérec pour ne pas la connaître ! Mais ceci n'est que le premier acte du mystère qui s'est joué ici sans spectateurs.

Galeran se tourna vers Broérec :

– Broérec, je t'ai toujours considéré comme une brute sans scrupules mais je n'ai jamais mésestimé ta finesse d'esprit. Tu étais jaloux de Mechtilde jusqu'à la folie, tu avais raison. Tu avais chassé les femmes de ta maison, là encore, tu voyais juste en ce qui concernait dame Génovéfa !

» Lorsque Cléophas consentit enfin à me dire quelques mots, ce fut pour me conseiller d'aller voir sa femme. Ce que j'ai fait dès le lendemain. Géno était mécontente mais elle le cachait bien. C'était une fameuse comédienne ! Elle me lâcha donc quelques informations comme on lâche un appât devant le gibier, et rien de plus…

» Seulement, les faits étaient là, elle n'était pas à sa place à la Ferme ! Dans ce coin perdu… à moins que… mais venons-en à sa mort tragique, n'est-ce pas Thustan ? dit le chevalier en se tournant vers la brute qui s'agita dans ses chaînes.

» Quand je suis revenu au château, ce jour-là, tu n'étais pas là. En fait, tu m'avais suivi jusqu'à la Ferme. Après mon départ, la chance t'a favorisé. Dame Génovéfa, son fils et la vieille servante sont sortis pour aller au verger…

Le vieux Cléophas se leva :

– C'est donc toi, cria-t-il, putain de l'Enfer…

L'autre se taisait, roulant des yeux effrayés. La brute s'était effondrée, laissant place à une loque qui tremblait de tous ses membres.

– Allons, du calme, Cléophas… dit le chevalier en levant la main.

– Si, en son temps, dame Génovéfa n'avait pas quitté la Ferme, il ne pouvait y avoir qu'une seule raison à cela… la mine. Cette mine qui pouvait lui procurer, à la fois, argent et pouvoir. Elle était l'une des seules à connaître son existence grâce aux confidences de dame Mechtilde. La maligne s'est alors occupée de Drogon devenu adolescent. Elle est devenue sa maîtresse, l'a dressé contre son père, lui a soufflé l'idée de remettre en route l'exploitation du filon dans le plus grand secret. C'était facile. Broérec, après le départ de sa femme et la fin de ses ambitions militaires sombrait dans la drogue et l'alcool, ne s'intéressant plus que de loin à son propre domaine.

» Et notre fine mouche avait les dents longues, sa dot ne lui suffisait plus, elle en voulait davantage. Sans doute même songeait-elle à se faire un jour épouser par ce fils de seigneur qu'elle savait pouvoir dominer.

» Un seul problème, la main d'œuvre… Des mineurs qualifiés coûtent fort chers. De plus, les galeries étaient exiguës, mais bref… c'est là que survient Withénoc !

Le chevalier marqua un temps.

– Cléophas m'a dit que Drogon aimait à voir les clostrières de Carhaix. Il y avait là quelques chambres pour filles secrètes… C'est sans doute là qu'il a rencontré le moine et c'est également à Carhaix qu'un jeune berger a prêché la croisade des enfants, sans savoir qu'il les allait conduire en Enfer. N'est-ce pas, Kaourintin ?

– Oui, c'est vrai, murmura le jeune homme de sa voix éraillée. Il est venu me voir sur la foire et il m'a proposé son aide. Je n'ai pas su refuser…

– Et tu as servi d'appât pour ferrer un gibier peu ordinaire, Kaourintin. Dame Génovéfa a fait comme ces trafiquants d'esclaves qui envoient des enfants en Orient… Elle avait trouvé, grâce à toi, la main d'œuvre qui lui manquait !

» Elle était au mieux avec les paysans voisins, ennemis, eux aussi, de Broérec, qu'elle enrichissait et qui, en échange, fermaient les yeux sur son trafic, sans en connaître toute la monstruosité.

» Ah, elle s'amusait bien dame Géno ! Elle avait pensé à tout, sauf à Thustan ! On dit que les loups ne se dévorent pas entre eux, sans doute sont-ils moins cruels que les hommes !

» Un jour, cette sombre brute en a eu assez de jouer les seconds couteaux. L'argent lui filait sous le nez, il devait courber l'échine. Il savait que Broérec était, à brève échéance, condamné. Seule mon arrivée avait retardé sa mise à mort. Mais, s'il parvenait, de son côté, à connaître les secrets de Génovéfa, à ce moment, il en saurait autant que Drogon et pourrait se passer de tout le monde.

» Seulement, Thustan n'est qu'une brute imbécile, continua le chevalier, il s'était assuré la complicité des valets de la dame, mais n'a rien pu tirer de cette femme intrépide après le meurtre de son fils… après cela, Drogon le tenait à l'œil et il a dû, comme on a vu, précipiter les choses…

– Mais pourquoi, chevalier, Withénoc était-il venu à Lannédern ? demanda le vieux recteur d'une voix qui chevrotait un peu.

– Il était à l'abri dans votre hameau, perdu dans les monts d'Arez. Dans une ville, tous ces enfants auraient attiré l'attention. Et il savait pouvoir vous impressionner.

– Mais pourquoi ne pas nous avoir livrés tout de suite à la mine ? demanda Kaourintin.

– Whiténoc était malin. Il savait que si vous restiez là, d'autres enfants vous rejoindraient et, de plus, il vous engraissait avant de vous vendre !

– Mais alors pourquoi avoir emmené des enfants comme ceux de la Janik avant nous ? demanda encore le jeune berger.

– Même s'ils pensaient bien perdre quelques gosses accidentellement, ils n'avaient pas prévu tous ces cadavres dont il faudrait se débarrasser. Withénoc leur livrait donc de nouveaux esclaves, au fur et à mesure que les autres mouraient.

– Si ce ne sont pas les gens de la mine qui les tuaient, qui a décimé ces enfants ? demanda soudain Broérec.

– Rappelle-toi Broérec, je ne t'ai pas parlé d'un

empoisonneur, mais d'un poison. Cela est bien différent... Je t'ai promis le coupable et je tiendrai parole. Le voici.

Et saisissant quelque chose dans son aumônière, le chevalier le jeta au milieu de la table. Tout le monde sursauta.

Au centre du plateau de bois, reposait un innocent lingot de métal gris bleu.

– Qu'est-ce que ça veut dire ? l'interrogea Broérec, interloqué.

– Les enfants ont été tués par le métal froid ! Et je pense que ton père a eu le même sort. L'empoisonneur, c'est bel et bien ce plomb qu'ils grattaient de leurs ongles et dont ils avalaient, nuit et jour, la scintillante et mortelle poussière !

– Comment as-tu deviné cela ?

– C'est cette barre noire ou bleue sur les gencives qui m'a fait comprendre de quelle sorte de poison il s'agissait. À partir de là, poursuivit calmement Galeran, et vu l'état des genoux des gosses, il ne restait plus qu'à trouver la mine de plomb aux galeries si exiguës que même des enfants étaient obligés d'y ramper !

Un silence stupéfait régnait autour de la haute table.

Le chevalier s'approcha de Broérec qui demeurait muet, les yeux fixés sur ses mains.

– Tu as rejeté le fils dont l'âme était noble et qui, finalement t'a sauvé la vie... mais au nom de l'amour et de la loi du cœur, que tu le veuilles ou non, tu es son père. Tu as humilié Cléophas et il était ton véritable allié. Sans eux et sans oublier notre Titik, nous ne serions pas ici, tous et bien en vie !

35

Kaourintin sortit le dernier du donjon et poussa un profond soupir. Après le climat oppressant de la haute salle, la fraîcheur du soir lui fit du bien.

Une petite silhouette se détacha de l'ombre de la passerelle et vint vers lui.

– Kaourintin, Kaourintin ? Le ton était un peu inquiet.

Le berger eut un mouvement de surprise, presque de peur.

– Armelle, que fais-tu là, petite ?

La jeune fille l'observait, partagée entre le rire et les larmes comme à chaque fois qu'elle se trouvait près de lui.

– Je voulais savoir si tu allais bien.

– Oui, Armelle, aussi bien que puisse aller quelqu'un qui n'est pas en paix avec sa conscience ! murmura le jeune homme.

– Kaourintin, non ! Ne t'accuse pas ainsi, dit Armelle. Tu as toujours été sincère.

– Ma sincérité a coûté à d'autres qu'à moi. Des enfants innocents sont morts par ma faute ! dit le jeune homme avec amertume. Je n'aurai pas assez de toute ma vie pour réparer.

Le jeune berger soupira.

– Oh, pardonne-moi, Armelle. Je ne parle que de moi ! Il fait déjà nuit, ta pauvre mère va s'inquiéter.

– Gweltaz m'a dit qu'il ferait prévenir mes parents, rétorqua posément la jeune fille. Il vient de partir avec ses hommes et m'a permis de t'attendre. Mais… je m'en voulais retourner avec le père Gwen et je ne l'ai point vu sortir.

– Il est resté avec le seigneur Broérec qui se voulait confesser, il en a certainement pour un long moment.

Et malgré tout, en disant cela, le berger ne put s'empêcher de sourire.

La petite se mit à rire :

– Ça oui, alors, s'il lui dit vraiment tout. Il en aura pour des jours, et des jours ! Mais dis-moi, que s'est-il passé là-haut, Kaourintin ? Ils avaient tous un drôle d'air en sortant.

– Je te raconterai, dit le jeune homme. Il faut rentrer à Lannédern. Puisque le recteur ne peut te raccompagner, je vais le faire, Armelle, si tu le veux bien.

C'est avec soulagement que les deux jeunes gens quittèrent le camp fortifié et se retrouvèrent dans les bois. On entendait les cris des oiseaux dans les ramures et une douce fraîcheur les enveloppa dès qu'ils furent sous le couvert des arbres.

C'était cette heure du crépuscule, où les étoiles commencent à s'allumer une à une dans le bleuté du ciel, l'heure sereine.

Armelle ne dit rien pendant ce long chemin et écouta beaucoup. Et Kaourintin parla, parla, comme en une pénible confession.

Il avoua à Armelle qu'il avait décidé de raccompagner les enfants chez eux, même si cela devait lui prendre une année. Il dit aussi qu'il ne rentrerait pas à Daoulas.

Et soudain, Armelle qui s'était tue jusqu'à présent, s'arrêta et fit face au jeune homme. Elle parla alors de sa petite voix calme, détachant ses mots, son regard gris-pâle planté dans celui du berger :

– « Il me montra la cité sainte, Jérusalem qui descendait du ciel » … J'attendrai ton retour, Kaourintin ! Et puis, nous partirons vers le nouveau monde, mais cette fois, pour de bon.

Le jeune berger regarda Armelle.

Quand ils arrivèrent à Lannédern, ils cheminaient côte à côte, en se tenant par le petit doigt.

36

La nuit était tombée depuis longtemps, quand Broérec sortit du réduit où il s'était enfermé avec le père Gwen. Le vieux prêtre descendit avec difficulté l'échelle menant à la cuisine, l'ardeur du repentir de Broérec semblait avoir eu raison de ses dernières forces. Heureusement, Gweltaz lui avait laissé quelques gaillards munis de brancards pour le raccompagner et emmener les corps de Génovéfa et de sa mesnie à l'enclos de Lannédern. Le petit groupe s'en alla donc, happé par les ténèbres qui entouraient le camp fortifié et le silence retomba.

Le chevalier observa Broérec, son visage n'exprimait rien d'autre qu'une farouche résolution. On le sentait déterminé et, en même temps, pour la première fois depuis qu'il le connaissait, Galeran sentit que son ancien compagnon d'armes était apaisé. Avait-il obtenu le pardon post mortem des fautes de son père, en même temps que l'absolution des siennes ?

Le chevalier, qui avait décidé de partir le lendemain pour le Léon et le manoir familial, s'approcha de Broérec. Le géant, assis sur un escabeau, fixait les braises rougies du brasero. Quand Galeran posa sa main sur son épaule, il releva lentement la tête et le regarda :

– Puis-je te parler un instant, Broérec ?

– Oui, mon ami, je t'écoute.

– J'en ai fini ici, Broérec, dit posément le chevalier. Ma dette est payée, je m'en vais rentrer en pays de Léon.

– Tu as raison, Galeran, tout est fini. Mais tu as fait plus que payer ta dette, c'est moi maintenant qui te suis redevable !

– Non, Broérec, je te délie. Si tu trouves la paix, je serai payé plus que je ne le désire.

– Quand veux-tu partir ?

– Demain matin, à l'aube. Je n'ai point besoin de rester davantage.

– Puis-je demander une dernière faveur à mon frère d'armes ?

Le chevalier détailla le visage de Broérec se demandant si le calme et l'étonnante douceur qu'affichait le géant, ne cachait pas encore quelque furieux tumulte intérieur.

– Je t'écoute.

– Je me suis engagé devant Dieu et devant le père Gwen à expier mes fautes. Demain, à l'aube, je ferai pénitence devant mes hommes et devant les paysans rassemblés par Gweltaz.

– Tu veux faire pénitence publique ? dit le chevalier, stupéfait.

– Oui, je le veux, Galeran. Je ne te demande que de m'assister jusqu'au moment où nous baisserons le pont-levis demain matin. Car je voudrai cette nuit, si tu en es d'accord, me recueillir en ta compagnie.

Le chevalier réfléchit un instant puis accepta.

– Je voudrais enfin te demander de m'accorder une autre faveur… à laquelle je tiens beaucoup.

Le géant marqua un temps d'arrêt :

– J'ai réfléchi à ce que tu m'as dit au sujet d'Hoël. Je pense qu'il serait bon qu'après quelque temps au service d'un seigneur, il revête le blanc manteau et devienne chevalier ainsi que son lignage lui en donne le droit.

Galeran approuva d'un hochement de tête.

– Je vais l'envoyer chez notre vicomte Tanguy avec un mot de ma part. J'aimerais ensuite que tu sois celui qui lui donnera la paumée. Il ne peut avoir plus fier parrain en chevalerie que toi. Lors de cette cérémonie, tu lui remettras mon épée.

– Tu quittes le siècle ? demanda Galeran interloqué.

– Oui, j'ai longuement parlé avec le père Gwen. Après avoir fait pénitence et mis mes affaires en ordre, je prendrai la route pour Landévennec.

– Tu veux rejoindre l'abbaye de Saint-Guénolé ?

– Oui, le père Gwen connaît bien l'abbé, puisque sa paroisse dépend de Landévennec et, comme il doit l'aller voir, nous y partirons tous deux au printemps. Il paraît que les bénédictins ont besoin d'hommes forts car ils construisent une façade fortifiée face à la mer !

Un éclair malicieux s'alluma dans les yeux du géant :

– Tu ne pensais voir chose pareille de ton vivant, hein, Galeran ? Broérec de Huelgoat en moine ! Pour une fois, ce qu'il y a dans ma main te surprend, n'est-ce pas ? Oh, et puis, peut-être à défaut de faire un bon moine, ferais-je un bon cellérier de vin, j'ai d'excellentes dispositions et il paraît que l'abbaye possède quelques vignobles de qualité !

Puis plus sérieusement, Broérec demanda au chevalier :

– Crois-tu qu'ils voudront de moi ?

Galeran sourit :

– Ça, je les plains !

– Mais je me sens capable de douceur, protesta le géant en joignant les mains.

Le chevalier le toisa et ne put s'empêcher d'éclater de rire. L'effet fut immédiat. Le bras de Broérec se détendit et Galeran n'eut que le temps d'éviter de justesse un coup de poing à tuer un bœuf.

– Ah mon frère, pour la douceur, il faudra faire des progrès ! s'écria le chevalier.

Le géant, interloqué regardait ses énormes mains.

– Tu as raison, Galeran, mais je sais que j'y arriverai !

– Connaissant ta tête de mule, je le crois, dit sérieusement le chevalier.

Et ils demeurèrent un long moment silencieux. Enfin, Broérec demanda brusquement :

– Je voudrais... enfin, j'aimerais... bref tu ne m'as pas répondu tout à l'heure, acceptes-tu de donner la paumée à Hoël pour son adoubement ?

– Oui. Tu le sais et puis, ce Hoël me plaît, ce sera vrai et preux chevalier, j'en pourrais faire le pari.

– Puisses-tu dire vrai, murmura Broérec.

– Et Jestin, enfin Ninian ?

– Je reviendrai bénir son union avec mon fils, et tu seras présent, je l'espère.

– Moi qui croyais être délié de toi, Broérec, je trouve que tu ne songes maintenant qu'à nous lier davantage ! s'exclama le chevalier en riant.

– Baste, j'ai simplement compris pourquoi, déjà à Vitré, je préférais ta compagnie à celle des autres ! Il est peu de preux, même en franche chevalerie, Galeran. Alors, autant t'attacher aux miens pour de bon !

Et Broérec décocha une grosse bourrade au chevalier.

37

La nuit avait été longue. Broérec avait discouru sans discontinuer et l'aube venait de se lever sur un nouveau jour.

Bien que fatigué par cette longue veille, le chevalier se sentait d'humeur presque joyeuse à l'idée de rentrer chez lui, en Léon. Il se laissa glisser le long de l'échelle qui menait à la cuisine et entendit des bruits de vaisselle entrechoquée. Quelqu'un fredonnait gaiement en préparant les galettes…

Galeran fronça les sourcils, il lui semblait reconnaître la voix de Cléophas. Cléophas qui, hier au soir, désespéré et sombre, s'était lourdement appuyé sur l'épaule du Titik pour quitter la grande salle.

Le chevalier arriva juste au moment où le vieil homme finissait de vider l'eau d'une marmite par la porte. Cléophas sursauta en le voyant, il était seul et paraissait d'excellente humeur.

– Salut Cléophas ! Te voilà bien gai, ce matin !

– Oh chevalier, vous voilà ! dit le Cléophas, avec gêne. Vous devez avoir faim. Je vais vous préparer quelque chose de bon.

Et le vieux cuistot se dirigea vers son saloir, soulevant le couvercle pour attraper une belle saucisse qu'il mit à griller sur le feu, tournant le dos au chevalier. Il ne disait plus rien, surveillant avec attention la cuisson, très affairé soudain devant ses fourneaux.

Dans le silence de la salle, le chevalier perçut soudain comme un râle. Le bruit semblait provenir du cellier. Les planches avaient été mal remises et le chevalier se fit la réflexion que l'homme d'armes qu'il y avait laissé la veille, n'était plus là. L'échelle était encore dressée, on en voyait dépasser les montants sous les planches disjointes.

– Que se passe-t-il là-dessous ? Le garde est

descendu voir le Thustan ?

– Euh non, grommela le Cléophas, de plus en plus mal à l'aise. Il est sorti, le garde.

– En laissant l'échelle ? Que me caches-tu là, Cléophas ? dit Galeran en écartant vivement les lattes de bois et en se laissant glisser par l'ouverture.

Quand le chevalier posa pied à terre. On n'entendait plus aucun bruit. Il cligna des yeux, essayant de s'habituer à la pénombre de la cave.

Dans la clarté fumeuse de la torche, Galeran aperçut la silhouette enchaînée de Thustan. L'homme était plié en deux sur la meule, immobile.

Le chevalier s'approcha, mais il savait déjà ce qu'il allait trouver. Un filet de bave coulait de la bouche tordue de Thustan. Le visage de l'homme était défiguré par la douleur. Un bol de brouet avait roulé à ses pieds. Le chevalier le ramassa et le huma, une puissante odeur de fiel s'en dégagait.

Il y avait peu de poison aussi redoutable que celui-là. Les Anciens le savait, la jusquiame noire proliférait comme chiendent dans les ruines et donnait une mort rapide… et des douleurs insoutenables à celui qui avait le malheur de l'absorber.

Il n'y avait plus rien à faire, l'homme était mort et le terrible poison lui avait fait payer son passage dans l'au-delà.

Le chevalier remonta lentement l'échelle, le bol à la main.

Le vieux Cléophas l'attendait, indécis, se dandinant d'une jambe sur l'autre.

Le chevalier le regarda sévèrement puis lui

tendit le bol en disant : « Cléophas, je crois que Thustan est mort d'une indigestion. J'ai toujours dit que ta nourriture était immangeable ! »

38

Quand le pont-levis fut abaissé, un murmure courut dans l'assemblée qui se pressait sur l'esplanade devant le camp fortifié. Il y avait là des gens de Huelgoat, de Saint-Herbot, bien sûr, mais aussi de nombreux villageois de Lannédern et des paysans qui venaient des tourbières du Yeûn ou d'exploitations isolées.

Ar Fur avait fait son devoir, il avait prévenu tout son monde, envoyant des messagers dans les collines et les hameaux pour annoncer le repentir public du seigneur du Huelgoat.

La chose était suffisamment rare, et les méfaits de Broérec et de son fils, suffisamment nombreux pour qu'une foule d'hommes, de femmes et d'enfants se réunisse, dès l'aube, aux portes du château.

Dans la basse-cour, le silence régnait. Le chevalier avait fait se ranger les gens d'armes en deux longues files qui allaient du pied du donjon jusqu'au pont-levis.

Les hommes, immobiles comme des statues, casqués, la javeline au côté, revêtus de leurs broignes, rendaient ainsi un dernier hommage à leur chef.

Debout près de la porte charretière, Hoël et Jestin se tenaient l'un à côté de l'autre, muets, impressionnés par ce cérémonial plus guerrier que religieux.

Le vieux Cléophas, une main reposant sur les frêles épaules de Titik, était campé à l'entrée de la cuisine, le regard perdu dans le lointain.

Broérec émergea du donjon et redressa sa haute taille.

Il avait, plus que jamais, l'air d'un Danois. Juste vêtu de braies de couleur sombre, il était torse et pieds nus et ses longs cheveux blonds flottaient librement sur ses épaules. Un long fouet pendait à sa main gauche.

Le chevalier, l'air grave, se tenait derrière lui, un peu en retrait.

Broérec se retourna, il était encore plus pâle qu'à l'habitude. Cette longue nuit sans sommeil laissait sa trace sur ses traits et sur ceux du chevalier, mais on le sentait déterminé :

– À Dieu vat, mon frère d'armes. Nous nous reverrons, je le sais.

– Que Dieu te donne la force d'accomplir ton vœu sans faiblir, Broérec, répondit le chevalier.

Le chevalier regarda le géant passer au milieu des rangs de ses gens d'armes, la tête haute. Nul ne dit mot, même ainsi vêtu et sans ses armes, l'homme en imposait.

Broérec commença à se fouetter quand il arriva au pont-levis. Dans le silence pesant qui régnait sur la cour, le sifflement caractéristique de la mèche parut amplifié. De longues zébrures marquaient déjà son épaule droite et son dos. Le seigneur du Huelgoat grimaça mais ne laissa échapper aucune plainte.

Le père Gwen qui se tenait non loin du pont-levis se signa vivement, effrayé par la violence contenue de Broérec. Les villageois s'écartèrent, laissant passer leur seigneur. Ils ne s'attendaient pas à ça et certains, comme Gweltaz Ar Fur, firent demi-tour et rentrèrent chez eux.

À sa façon, Broérec avait encore gagné, il restait le maître, celui qui fait, celui qui manie la souffrance et la mort, à commencer par la sienne propre.

Le chevalier savait que Broérec irait ainsi sans faiblir jusqu'à Lannédern et qu'il en reviendrait. Il savait aussi qu'au soir, il s'écroulerait, baignant dans son sang au pied du donjon, sa pénitence accomplie.

Galeran songea que, comme les croisés qui se faisaient coudre la croix du Christ sur l'épaule droite, Broérec avait choisi de se flageller, inscrivant tout comme le fils de Dieu, son châtiment dans sa chair d'homme.

Broérec payait ainsi pour l'âme de son père qu'il avait laissé se damner, pour les mères de Hoël et de Drogon, pour dame Mechtilde, pour son fils… et pour tous ceux qu'il avait pourfendus, égorgés, violés, taillés, sans jamais crier miséricorde !

Le chevalier se détourna. Était-ce la fatigue de cette longue nuit de veille ou l'horreur de ces derniers jours, il se sentait pris de nausée. Il respira un grand coup et se dit qu'il était temps de s'en retourner vers son pays et le manoir familial. Il rêva soudain de retrouver la vieille chapelle face au large et l'espace infini de l'océan.

La haute silhouette de Broérec avait disparu au détour de la sente, escortée par les villageois et les paysans qui s'étaient mis à prier.

39

Adossé au mur ruiné de la vieille chapelle, le chevalier regardait le soleil descendre vers la mer transparente qui lui servait de miroir.

La plage semblait couverte d'un lourd tapis blanc comme neige. C'étaient des mouettes par milliers qui attendaient là, immobiles, face au large. Galeran savait ce que cela voulait dire, l'été serait bientôt fini.

Soudain, il vit au loin des mouettes qui s'envolaient, brusquement dérangées par deux cavaliers lancés au galop sur le sable dur, au ras des vagues.

Bientôt, il distingua la couleur de leurs chevaux. L'un était d'un blanc éclatant et l'autre noir.

À mesure qu'ils se rapprochaient, le chevalier entendait une clameur confuse qui se mêlait au bruit de la mer et du vent. Et puis, il perçut des paroles de plus en plus distinctes et bien scandées :

« L'âge qui convient à la guerre…
convient aux soldats de Vénus…
…l'ardeur d'un vaillant soldat,
la femme la réclame à son amant… »

Le chevalier sentit son cœur se décrocher dans sa poitrine. Il ne pouvait détacher son regard du destrier blanc qui courait en tête et de la fière silhouette, de pourpre et d'or, qui le montait.

Quand les cavaliers s'arrêtèrent devant lui, il avait repris son calme et dit d'un ton badin, en prenant la bride du destrier blanc :

– Ma belle, voilà un bien curieux cantique pour une nonne ! Je te croyais cloîtrée et te livrant à la pénitence !

– Et toi, mon beau chevalier, je te croyais je ne sais où, pourquoi pas ici ? dit-elle en sautant à terre gracieusement.

Ils firent quelques pas côte à côte, puis elle rompit le silence avec un sourire :

– En ce bas monde aucun royaume n'est éternel, hormis celui de Notre Seigneur Dieu et celui de l'Amour qui ressuscite sans cesse depuis la nuit des temps ! dit-elle sentencieusement.

– Te voilà devenue bien philosophe, ma mie, est-ce le résultat de tes longues méditations au couvent ?

– Tu l'as dit, j'ai eu une illumination !

– Tiens donc !

– Oui, j'ai tout à coup compris que j'étais encore un peu jeune pour le royaume du Seigneur… et puis, que veux-tu, la beauté d'une femme se fane vite si nul n'en profite !

– Je sais ma belle amie, que ta beauté n'a rien à craindre de ce côté-là et que tu t'en montres prodigue !

Elle se mit à rire et se tournant vers le jeune écuyer qui était resté près des destriers :

– Diamant, ordonna-t-elle d'un ton léger, emmène les chevaux. Tu viendras me rechercher demain tôt matin, quand il ne restera plus au ciel qu'une seule étoile.

Le jeune garçon s'inclina, sauta en selle et s'en retourna au galop.

Alors, elle commença par libérer ses cheveux de ses longs voiles, la lourde robe pourpre alla voler dans le sable tiède des dunes et le chevalier se sentit tremblant et lourd comme la première fois.

– Sais-tu, dit-il en la prenant dans ses bras, qu'ici je t'ai souvent vue en rêve ?

– Cela je ne le sais pas, ce que je sais, c'est que maintenant, je vais te faire rêver…

« Que ceci soit la fin du livre
mais non la fin de la recherche »
Bernard de Clairvaux

Note de l'auteur

Dans son très beau livre, *Magie de la Bretagne*, Anatole Le Braz écrit à propos du « cœur farouche de l'Arez entre Huelgoat et Landernau » :

« La route qui le traverse, bâtie sur les tronçons de quelque antique voie romaine, file droit de croupe en croupe jusqu'à une manière de créneau sublime, (...) celui du Roc'h Trevezel. Vous êtes ici comme au balcon de l'Occident. (...) L'hiver, quand les vents font rage, le spectacle a quelque chose de dantesque (...) à la belle saison, vers l'heure du couchant, c'est une féérie. »

Motte féodale, gouffre, roche tremblante, mare aux fées... on peut encore voir aujourd'hui, au départ de Huelgoat, ces lieux magiques ainsi que les vestiges de l'ancienne mine de plomb argentifère exploitée par les Celtes puis par les Romains et définitivement fermée en 1934. Quand à l'abbaye de Landévennec, où Broérec se retira, après avoir affronté raids vikings, guerres de religion, guerre de Cent ans et révolution, elle est redevenue le siège d'une communauté bénédictine. Cernées par la mer, ses magnifiques ruines romanes, se dressent toujours, 800 ans plus tard, face aux vents de la pointe du Finistère...

La cuisine d'Hermine
Recettes médiévales

Potage de courges frangiées de safran

Recette pour 6 personnes

2 kg de courge (gourdes), vous pouvez utiliser du potimarron dont la peau est comestible au contraire du potiron
150 g de lardons fumés
Gingembre, 1 demi-cuillerée à café
Safran en filaments
Sel et poivre

Il vous faut laver, peler et épépiner les courges. La peau est émincée en julienne, ébouillantée et gardée à part. La chair est coupée en petits cubes.

Faites tout d'abord rissoler vos lardons dans une poêle sans matière grasse, ajouter les dés de courge, mouiller avec un peu d'eau et faites cuire à feu doux jusqu'à réduction en purée.

Ajoutez vos épices, gingembre ainsi que le sel et le poivre.

Vous devez obtenir une crème à parsemer des peaux de votre courge, et au moment de servir, saupoudrer des filaments de safran. Ce que les cuisiniers appellent « frangier ».

Cette recette onctueuse est facile à réaliser et nécessite à peu près 10 minutes de préparation et 30 minutes de cuisson.

Eau bénite

Cette sauce un peu surprenante pour nos palais modernes, servait à accompagner les viandes rôties ou bouillies. C'est la sauce préférée d'Hermine.

Eau de rose : 1/2 verre
Gingembre : 1 cuillerée à café
Marjolaine : 1 cuillerée à soupe
Verjus : 1/2 verre
(suc acide extrait de certaines espèces de raisin ou de raisins cueillis verts)

Le verjus entre dans la préparation de la moutarde.

À défaut de verjus, une moutarde forte vous permettra de réaliser une eau bénite version XXe siècle, en ce cas ne mettez que trois cuillerées à soupe de moutarde après avoir fait bouillir vos trois autres ingrédients. Faites bouillir ensemble pendant un quart d'heure, un demi-verre d'eau de rose et autant de verjus, une cuillerée de gingembre râpé et une cuillerée à soupe de feuilles de marjolaine. Passez au tamis et versez sur votre viande.

Tourifas

Voici un plat rapidement cuisiné et qui tient bien au corps, Hermine le sert plutôt en hiver. Cette recette permet d'utiliser des restes de jambon et de pain rassis.

250 g de lard non fumé, coupé en dés
Une poignée de petits dés de jambon maigre
200 g de petits champignons
Persil et ciboulette hachés
Poivre, gingembre, cumin, muscade, cannelle
Un citron
2 œufs
Tranches de pain

Faites cuire dans un peu d'eau, votre lard coupé en dés. Égouttez-le. Mettez dans une casserole soit du lard fondu, de la graisse d'oie ou du beurre et faites suer à feu doux vos petits dés de jambon maigre.

Ajoutez les champignons, le persil et la ciboulette hachés, une pincée de farine, mettez un peu d'eau et rajoutez les dés de lard, le poivre et les épices. Faites mijoter jusqu'à épaississement. Retirez du feu. Pressez votre citron, versez-le dedans et laissez refroidir. Pendant ce temps, battez vos œufs entiers. Faites-y tremper vos tranches de pain et couvrez-les de votre préparation. Recouvrez de chapelure et faites rôtir à la poêle.

Servez brûlant avec une petit vin rouge corsé.

Benoiles

Les benoiles sont une recette ancienne rappelant celle des pets de nonne.

Pour 6 personnes.

125 g de farine
4 œufs
50 g de beurre
1 pincée de sel
25 g d'écorce de citron vert confite
Sucre roux
Eau de fleur d'oranger

Mettez dans une casserole 2 décilitres et demi d'eau froide. Ajoutez 50 g de beurre coupé en petits morceaux. Le beurre doit être fondu avant que l'on n'incorpore le sel et l'écorce confite coupée en fines lanières. Faites bouillir. Dès ébullition, retirez du feu et versez en une seule fois les 125 g de farine, remuez vigoureusement avec une cuillère en bois jusqu'à obtention d'une pâte lisse.

Remettez à feu doux sans cessez de remuer pour faire évaporer l'excès d'eau, la pâte doit être bien desséchée. Retirez à nouveau du feu et cassez un œuf entier dans la pâte, remuez vivement à la cuillère.

Une fois incorporé, recommencez l'opération avec chacun des trois autres œufs. Si la pâte a été bien desséchée, elle doit les absorber.

Mettez votre bassine à friture sur le feu jusqu'à ce que l'huile soit chaude mais non brûlante, sinon les benoiles ne gonflent pas.

Prenez un peu de pâte avec une cuillère, laissez tomber dans la friture. Si celle-ci est à point, les beignets tombent au fond puis remontent aussitôt à la surface. Laissez-les 4 minutes environ, retournez-les, laissez-les encore 4 minutes. Retirez à l'écumoire.

Égouttez-les sur du papier absorbant. Saupoudrez de sucre.

Servez très chaud en arrosant avec de l'eau de fleur d'oranger.

Bon appétit !

Lexique médiéval

Ankou : ouvrier de la mort en Bretagne, (*oberour ar maro*).

Archais : étui contenant l'arc et des cordes de rechange.

Ar Menez Reûn Dû : la montagne Noire en breton.

Belles dames : les fées.

Berser : chasser avec arc et flèches.

Bliaud : tunique longue de laine ou de soie, aux manches courtes dans le sud et longues dans le nord, serrée à la taille par une ceinture. Habit de la noblesse ou de la grande bourgeoisie.

Braies : caleçon plutôt long et collant au XIIe siècle, retenu à la taille par une courroie.

Broigne : justaucorps de grosse toile ou de cuir, ancêtre de la cotte de maille, recouverte de pièces de métal.

Bulle : bijou cloisonné permettant d'enfermer une relique ou un bref (parchemin avec le nom de la Vierge ou d'un saint protecteur). Se porte directement sur la peau.

Cellérier : c'est l'économe et l'administrateur de l'abbaye.

Chainse : équivalent de la chemise, tunique en

toile ou lin à manches fermées.

Chaperon : petite cape fermée avec capuche, portée comme un chapeau en été, torsadée sur le crâne.

Chasse Hellequin : (ou mesnie Hellequin, ou chasse Arthur), chasse fantastique nocturne menée par des damnés.

Chausses : chaussettes en drap, tricot ou laine parfois munies de semelles de cuir et maintenues par des lanières s'attachant en dessous du genou. Les haut de chausses étaient l'équivalent de nos bas.

Cloc'h ar maro : cloche des morts.

Clostrière : fille commune, officiant en chambre secrète.

Cluny : abbaye fondée par saint Bernon. Règle bénédictine interprétée dans l'esprit de saint Benoît d'Anîane (IXe siècle).

Couire : sorte de carquois, permettant le transport des flèches.

Escoffle : pèlerine utilisée pour la chasse, en cuir ou en fourrure.

Gare lou : loup-garou

Gaste : violé.

Grand coiffé : terme désignant le cerf royal.

Goupil : renard.

Harnois : désigne tout l'équipement d'un homme de guerre (broigne, épées, lance, bouclier…), mais aussi l'habillement du cheval, voire le mobilier transportable dans les camps.

Harpail : la harde, troupeau du cerf.

Huelgoat : le « Bois-Haut », ville du Finistère, au pied des monts d'Arez.

Hypocauste : système de chauffage par air chaud, installé dans le sol et les sous-sols des thermes ou de certaines maisons.

Ar Fur : le sage en breton.

Ar Moigne : le manchot en breton.

Litharge : écume formée par le plomb quand on le chauffe.

Lieue : mesure de distance, environ 4 km.

Longère : maison mixte où vivaient côte à côte, bêtes et gens.

Malcuidant : qui nourrit de mauvaises pensées.

Mantel : manteau semi-circulaire comme une cape, attaché à l'épaule par une agrafe, nommée tasseau.

Marc ou marka : ancienne unité de mesure pour l'or et l'argent, environ 244,75 g.

Menez Mikêl : mont Saint-Michel des monts d'Arrée.

Mesnie : famille, lignée par le sang.

Pied : ancienne mesure de longueur, 32,4 cm.

Pillawer : chiffonnier nomade en Bretagne.

Pouce : ancienne mesure de longueur, 2,7 cm.

Oppidum : mot latin, désignant une fortification romaine.

Quolibet : du latin « Quod libet », questions posées aux étudiants pour vérifier leurs connaissances.

Saturnisme : intoxication par le plomb ou par les sels de plomb.

Yeûn Elez : marais des roseaux, en breton.

Youdik : bouillie molle en breton, trou des enfers.

Ils vivaient au XIIe siècle…

Aliénor d'Aquitaine : (née en 1122, morte en 1204). Divorcée en 1152, elle se remarie la même année avec Henri Plantagenêt dont elle eut plusieurs enfants (Richard Cœur de Lion et Jean sans Terre, notamment…). Elle finit ses jours à l'abbaye de Fontevrault, où elle est enterrée.

Louis VII : (né en 1120, mort en 1180). Roi de France, sacré à Reims le 25 octobre 1131. Marié en 1137 à Aliénor d'Aquitaine. Participe à la seconde croisade avec Conrad III. Divorcé en 1152. Veuf de Constance de Castille, il se remarie avec Adèle de Champagne, mère de Philippe II Auguste. Mort le 18 septembre 1180.

Suger : (né en 1081, mort en 1151) moine et homme politique. Abbé de Saint-Denis en 1122. Condisciple et ami de Louis VI, il fut le conseiller de Louis VII et le régent du royaume de France pendant la seconde croisade.

Conrad III : empereur germanique de 1138 à 1152. Il participa à la seconde croisade avec Louis VII en 1147.

Conan III : duc de Cornouailles, de 1118 à 1148. Fils de la duchesse Ermengarde. Marié à dame Mathilde, qui lui donnera une fille Berthe. Peu de temps avant sa mort, il déclare illégitime son fils Hoël.

Ermengarde, duchesse de Cornouailles : Fille de Foulques le Réchin. Cultivée et très pieuse, elle aura une grande influence sur la politique de son fils Conan III. Elle aidera les cisterciens à s'installer en Bretagne. Après la mort de son fils, elle part s'installer en Terre Sainte, où vit déjà son frère. Elle y finit ses jours, en l'église Sainte-Anne de Jérusalem.

Robert de Vitré : compagnon de jeunesse de Conan III, il lui déplaît par son attitude injuste avec ses vassaux. Conan III fait alors main basse sur Vitré. Robert de Vitré récupérera sa ville après dix ans de guérillas, en 1144.

Tanguy, vicomte du Poher : Ce premier vicomte du Poher n'apparaît qu'au début du XIIe siècle. Il contrôle la seigneurie de Carhaix et les seigneuries de Landélan, Châteauneuf-du-Faou et du Huelgoat, en tout cinquante-six paroisses réparties entre les doyennés du Poher et du Faou.

Guiomarch III : vicomte du Léon, en 1144.

Abélard : (né en 1079, mort en 1142). Philosophe, théologien et dialecticien français. Fonde l'abbaye du Paraclet, dont Héloïse deviendra l'abbesse. Bernard de Clairvaux obtint sa condamnation au concile de Sens en 1140.

Bibliographie

La Bretagne féodale XIe-XIIIe siècle, André Chedeville, Noël-Yves Tonnerre, Éditions Ouest-France université.

Magies de la Bretagne, Anatole Le Braz, « Bouquins », Éditions Robert Laffont.

La vie au Moyen Âge, Robert Delort, « Points-Histoire », Seuil.

La société féodale, Marc Bloch, Albin Michel.

Sources d'histoire médiévale, IXe milieu du XIVe siècle, « Textes essentiels », Larousse.

La nuit au Moyen Âge, Jean Verdon, Éditions Pluriel-Perrin.

La civilisation des mœurs, Norbert Elias, Calmann-Lévy.

Mythologie chrétienne, Philippe Walter, Éditions Entente.

La révolution industrielle du Moyen Âge, Jean Gimpel, « Points-Histoire », Seuil.

Imprimé en France sur Presse Offset par

BRODARD & TAUPIN

GROUPE CPI

La Flèche (Sarthe), le 6-10-2000
Dépôt édit. : 7068-10/2000
N° Impr. : 4449
ISBN : 2-7024-9545-1
Édition 06

52/7046/7